사상의 꽃들 12

반경환 명시감상 16

사상의 꽃들 12

반경환 명시감상 16

지혜

저자서문

시인은 꽃을 가져오는 사람이고, 철학자는 사상(정수精髓)을 가져오는 사람이다. 쇼펜하우어는 시와 철학의 상관관계를 매우 정확하게 알고 있었던 세계적인 사상가였다.

시인의 세계는 상상력의 세계이며, 그가 펼쳐 보이는 세계는 아름답고, 신비로우며, 환상적이다. 여기가 아닌 다른 곳, 그 다른 세계로 우리 인간들을 인도하며, 그의 시 세계는 활짝 핀 꽃과도 같은 아름다움을 가져다가 준다.

어떤 시인은 살아 있어도 이미 죽은 것이지만, 어떤 시인은 이미 죽었어도 영원히 살아 있는 것이다.

사상은 시의 씨앗이고, 시는 사상의 꽃이다.

이 사상과 시가 있기 때문에 우리 인간들의 삶은 아름답고 행복한 것이다.

반경환은 무엇을 하는 사람인가? 그는 한국사회의 영원한 이단자이자 파렴치한에 불과하지만, 그러나 하늘을 감동시키기 위하여 '명시감상'을 온몸으로 쓰는 철학예술가이다. 철학을 예술의 차원으로 승화시키고, 예술을 철학의 차원으로 승화시킨다는 것은 그의 낙천주의 사상의 목

표이며, 반경환은 이 무거운 짐을 짊어짐으로서 우리 한국인들을 고급문화인으로 인도하고자 했던 것이다. 천년, 만년, 영원히 식지 않는 그의 열정은 하늘을 감동시키고, 언젠가, 어느 때는 그의 '명시감상'은 수많은 시들보다도 더욱더 아름다운 사상으로 밤하늘의 별들처럼 빛나게 될 것이다. 철학예술가라는 낙천주의 사상가, 그는 지혜를 사랑하는 사람으로서 '나는 신성모독을 범한다, 고로 존재한다'와 '세계는 나의 범죄의 표상이다, 고로 행복하다'라는 두 개의 명제를 그의 실천철학의 과제로 삼아왔던 것이다. 우리 한국인들이 해마다 노벨상을 타고 전인류의 스승들을 배출해낼 수 있는 그날을 위하여 자기 스스로 영원한 이단자와 파렴치한이 되어야 하는 신성모독자의 삶을 마다하지 않았던 것이다. 반경환은 자랑스러운 단군의 후예이고, 낙천주의 사상가인 최고급의 홍익인간이다.

『사상의 꽃들』1, 2, 3, 4, 5, 6, 7, 8, 9, 10, 11권에 이어서『사상의 꽃들』12권을 탄생시켜준 이원형 안현심 송찬호 김추인 이영식 현상연 전영숙 오은 강우현 김지요 양선희 조용미 박은지 우현순 조성례 함민복 이정욱 이서빈 최서림 정현우 김선옥 함민복 채의정 박분필 이경숙 김인숙 이순희 진순희 오현정 박성우 손택수 황지우 이대흠 최승자 장석원 황상순 유성식 신명옥 노혜봉 문정희 유홍

준 김소형 임태래 윤진화 김종삼 김행숙 임성기 정혜영 현순애 배옥주 박지현 김재언 이선희 현상연 윤성관 박방희 유계자 김현지 강지혜 이섬 등, 60명의 시인들과 그동안 『반경환 명시감상』을 너무나도 뜨거운 마음으로 사랑해준 독자 여러분들에게 진심으로 감사를 드린다.

좀 더 정확하게 말한다면, 독자 여러분들은 이 책의 저자였고, 나는 독자 여러분들의 시심詩心을 받아 적은 필자에 불과했다.

나는 이 『사상의 꽃들』 12권을 쓰면서, 너무나도 행복했고, 또, 행복했었다.

2022년 봄, '애지愛知의 숲'을 거닐면서…….

차례

2부

3부

이원형 안현심

송찬호 김추인

이영식 현상연

전영숙 오 은

강우현 김지요

양선희 조용미

박은지 우현순

조성례

이원형
유리창을 닦는 스파이더맨

탯줄 이후 밧줄이 명줄이 될 줄
어찌 알았겠는가
기댈 데라곤 허공밖에 없어
굴비 엮듯 엮어 허공의 아가리에 나를 던져주며
수심을 재듯 허공의 깊이를 재며
유리창을 닦는 스파이더맨
옳은 일은 못해도 좋은 일이길 바란다

누가 죽고자 발버둥치는가
나는 살려고 발 동동 구른다
네가 넥타이로 목을 맬 때 나는
밧줄을 몸에 맨다
지아비 밧줄 탈 때 지어미는
똥줄이나 탈까

유리창이 보여주는 티끌없는 하늘은

가슴 쓸어내리며 닦아놓은 풍경

안위를 보장할 수 없는 고공은 누구나 우러러 보는

전망 좋은 직장

내 위에 상사 없고 내 아래 부하가 없다

발버둥치거나 발 동동 굴러봤자

의뭉스러운 바닥은 바다가 아니어서

곱게 받아줄 리 없다

밧줄이 확,

손아귀를 풀어버리든가 하면……

외마디 비명을 떠안은 바닥에선

명자꽃 보다 낭자한 꽃이 필 것이다

살아서 받아보지 못한 꽃을

죽어 받게 되면 조화가 아니겠냐고

쓴 약 같은 미소 한 입에 털어넣고

석양속으로 총잡이처럼 걸어가는

스파이더맨의 일당은

착불

이 세상에서 산다는 것처럼 더욱더 더럽고 치사한 일
도 없을 것이다. 의지는 삶의 의지이며, 살아 있는 자
는 이 삶의 의지에 따라서 명예를 위해 살고 명예를 위
해 죽겠다는 생각은 손톱만큼도 하지 못한다. 하루 밥
한 끼 겨우 먹거나 이곳 저곳으로 떠돌아다니며 거지
처럼 살아가면서도 그 어떤 냉대와 멸시와 치욕과 굴
욕마저도 다 감당해낸다. 두 딸들과 사위에게 모든 권
력과 재산을 다 빼앗겼던 리어왕, 천하제일의 반란자
인 리처드에게 왕위를 찬탈당하고도 개같이 목숨을 구
걸했던 헨리 6세, 자기 자신의 목구멍에 풀칠을 하기
위해서라면 도살자나 망나니짓까지도 마다하지 않던
사형집행인들, 이밖에도 자기 자신의 단 하나뿐인 목
숨을 위해서라면 수많은 배신과 음모와 사기와 도둑
질마저도 서슴지 않고 자행했던 사람들이 그것을 증
명해준다.

살아 있는 개가 죽은 정승보다 낫다라는 말도 있다. 산다는 것은 지상최대의 과제이며, 이 지상최대의 과제를 위해서는 수많은 묘기들이 속출한다. 프란츠 카프카의 굶는 광대가 있는가 하면 남성의 생식기에다가 온갖 그림을 다 그려주고 만년주유권萬年周遊券을 사는 사람도 있다. 최후의 종착역인 공동묘지 관리인이 있는가 하면 호랑이와 사자와 악어와 함께 사는 사육사도 있다. 나이 어린 손녀같은 창녀들을 뜯어먹고 사는 포주들이 있는가 하면 더없이 가난하고 불쌍한 사람들을 뜯어먹고 사는 사채업자들도 있다. 오직, 임전무퇴의 불굴의 정신으로 타인들을 두들겨 패야 먹고 사는 격투기 선수들이 있는가 하면 천길 벼랑 끝에 매달려 암벽을 타야만 하는 석청꾼들도 있다. 산다는 것은 각본없는 예술이며, 이 예술이 있기 때문에 그 어떤 천재지변과 재앙 속에서도 우리 인간들이 살아 남은 것인지도 모른다.

이원형 시인의 「유리창을 닦는 스파이더맨」은 더없이 거룩하고 성스러운 사람이며, 그의 삶의 철학과 예술 앞에서 무한한 존경과 경의를 표하지 않을 수가 없다. "탯줄 이후 밧줄이 명줄이 될 줄/ 어찌 알았겠는

가"의 탯줄과 밧줄과 명줄은 밥줄이며, 이 밥줄을 위해서라면 "기댈 데라곤 허공밖에" 없는 스파이더맨이 된 것이다. "굴비 엮듯 엮어 허공의 아가리에 나를 던져주며/ 수심을 재듯 허공의 깊이를 재며" "옳은 일은 못해도 좋은 일이길" 바랄 뿐이다. 먹고 살기 위해 고층빌딩의 유리창을 닦는 일이니 옳은 일이라고는 할 수 없지만, 그러나 대부분의 인간들이 할 수 없는 유리창을 닦는 일이니 좋은 일일 수도 있는 것이다.

누구나 죽자고 발버둥 치지 않듯이, 나 역시도 살려고 발을 동동 구른다. "네가 넥타이로 목을 맬 때 나는/ 밧줄을 몸에 맨다. "지아비가 밧줄 탈 때 지어미는/ 똥줄이" 타고, "발버둥치거나 발 동동 굴러봤자/ 의뭉스러운 바닥은 바다가 아니어서/ 곱게 받아줄 리 없다." 만일, "밧줄이 확,/ 손아귀를 풀어버리든가 하면……/ 외마디 비명을 떠안은 바닥에선/ 명자꽃 보다 더 낭자한 꽃이 필 것이다."

하지만, 그러나 "유리창이 보여주는 티끌없는 하늘은/ 가슴을 쓸어내리며 닦아놓은 풍경"이 되고, 비록, "안위를 보장할 수 없는 고공은 누구나 우러러 보는 전망 좋은 직장"이 되며, "내 위에 상사 없고 내 아래 부

하가 없다." 이원형 시인의 「유리창을 닦는 스파이더맨」은 전제군주보다도 높고, 세계적인 대기업의 총수보다도 높다. 안위를 보장할 수 없는 고공은 누구나 우러러 볼 수밖에 없는 전망좋은 직장이며, 유리창이 보여주는 티끌없는 하늘은 그가 창출해낸 전인미답의 신세계이다. 「유리창을 닦는 스파이더맨」은 그가 자기 자신의 말씀으로 창출해낸 천지창조주이며, 이원형 시인은 다소 과장해서 말하자면 최초의 시인이자 최후의 대서사시인이라고 할 수가 있다. 그는 하늘의 황제이며, 그 어떤 고소공포증이나 불안마저도 다 잠재운 영원불멸의 황제이다. 그는 탯줄과 밧줄과 명줄과 밥줄타기의 황제이며, 언제, 어느 때나 "외마디 비명을 떠안은 바닥에선/ 명자꽃보다 더 낭자한 꽃이" 될 준비가 되어있는 것이다. "석양 속으로 총잡이처럼 걸어가는/ 스파이더맨의 일당은/ 착불", 즉, 고공묘기 이후 일당을 받는 만큼 그는 돈에 연연하지 않으며, 모든 꽃들은 그의 명복을 기원하기 위해 핀 조화弔花에 지나지 않는다.

이 세상에서 가장 아름답고 훌륭한 직업은 「유리창을 닦는 스파이더맨」이며, 그는 온몸으로, 온몸으로, 그의 행복을 연주하는 최고급의 예술가이다. 시인이란

누구인가? 어느 누구도 표현할 수 없는 자기 자신만의 언어로 새롭고 멋진 신세계를 창출해내는 자이며, 무기교의 기교 속에 모든 기교를 초월할 수 있는 자를 말한다. 요컨대 탯줄과 밧줄과 명줄과 똥줄을 스파이더맨의 밥줄로 묶어버린 언어의 사용능력과 그 풍자와 해학의 기법─기지, 위트, 반어, 역설 등─으로 「유리창을 닦는 스파이더맨」을 가장 아름답고 역동적인 인간으로 미화하고 성화시켜낸 솜씨가 그것이 아니라면 무엇이란 말인가? 「유리창을 닦는 스파이더맨」은 중력의 법칙을 뛰어넘은 인간이며, 허공 위에서 허공의 아가리에 자기 자신을 기꺼이 던져주며, 명자꽃보다도 더 낭자한 피를 흘릴 준비가 되어 있는 인간이다. 하늘의 고공, 즉, 위험을 천직으로 삼았으니까 그 어떤 황제보다도, 그 어떤 재벌총수보다도 더 위대하고, 이 세상에서 그토록 아름답고 화려한 꽃들마저도 그의 명복을 기원하기 위한 조화弔花로 만들어버린 시인이라고 할 수가 있다.

이원형 시인은 시인 중의 시인이며, 그의 지식은 생활철학, 즉, 곧 만인들의 마음을 사로잡을 수 있는 시(사상의 꽃)가 되고 있는 것이다.

안현심
굴참나무

너는
지상을 유영하던
혹등고래

바람이 지날 때마다
휘파람을 잘도 불더니

등허리 달라붙은 따개비처럼
우툴두툴한 이끼를 덮어쓰고 있구나

운장산 골짜기
오래된 바다에서

늙은
휘파람 소리
아장아장 헤엄쳐온다.

📖

　혹등고래는 고래목 긴수염고래과의 포유류이며, 주요 대양의 해안을 따라 서식한다고 한다. 여름에는 극지방의 바다로 가고, 겨울에는 번식지인 열대와 아열대의 바다로 이동한다고 한다. 일반적으로 긴수염고래류의 유선형 체형과는 다른 몸 형태를 가지고 있고, 특징은 가슴지느러미의 앞가장자리가 물결모양이고, 머리와 턱에는 혹이 있다. 몸 크기는 약 11m에서 16m이고 몸무게는 30t에서 40t에 이르는 대형고래이며, 주요 먹이로는 새우같은 갑각류와 작은 물고기와 플랑크톤이라고 한다. 범고래들로부터 새끼귀신고래와 물범 등을 구해주는 선량한 행동을 하지만, 1960년 중반부터 세계적으로 보호를 받는 멸종위기의 종이라고 할 수가 있다.

　굴참나무는 참나무과에 속하는 낙엽교목이며, 산허리의 양지쪽에서 잘 자라고, 그 크기는 약 25m까지

자란다. 꽃은 5월에 피고, 그 열매인 도토리는 10월에 익는다. 꽃말은 번영이고, 열매인 도토리는 식용으로 사용한다. 목재는 표고버섯 재배와 땔감으로 쓰이고, 껍질인 코르크는 병마개 등으로 다양한 용도로 쓰인다고 한다.

안현심 시인의 「굴참나무」는 자유연상에 기초를 둔 시이며, 그만큼 우리 인간들의 상식을 파괴한 시라고 할 수가 있다. 운장산 골짜기가 굴참나무 숲의 바다(임해林海)를 이루고 있는 것을 보고, 그 거목들을 바다의 제왕인 혹등고래로 노래한 시라고 생각되지만, 이제는 굴참나무마저도 인간화시켜 아장아장 헤엄치는 어린아이로 묘사한다. 굴참나무는 지상을 유영하던 혹등고래가 되고, 이 혹등고래는 바람이 지날 때마다 휘파람을 잘도 불어댄다. 바람이 지날 때마다 휘파람을 잘도 불어댄다는 것은 신바람이 났다는 것이며, 신바람이 났다는 것은 모든 일이 다 잘되고 행복한 삶을 살고 있다는 것을 뜻한다.

마음이 괴롭고 슬프면 하루가 천년같고, 마음이 기쁘고 즐거우면 천년도 하루같아진다. 혹등고래같은 굴참나무가 그 "등허리 달라붙은 따개비처럼/ 우툴두툴

한 이끼를 덮어쓰고” 있다는 것은 그 행복한 삶의 증거
가 되고, 끝끝내 “운장산 골짜기 오래된 바다에서” “늙
은/ 휘파람 소리/ 아장아장 헤엄쳐온다”는 것은 천년
을 산 노인이 어린아이처럼 다시 태어났다는 것을 뜻
한다. 굴참나무는 거목이고, 거목은 혹등고래이고, 혹
등고래는 자유자재롭게 바다를 헤엄친다.

안현심 시인은 굴참나무를 통해서 큰 깨달음을 얻었
고, 이 큰 깨달음을 통해서 어린아이와도 같아진 시인
이라고 할 수가 있다. 아침해도 매일 매일 새롭게 떠오
르고, 인간도 매일 매일 새롭게 태어난다. 매일 매일
자기가 자기 자신을 초월하며, 새로운 미래의 인간으
로 태어날 수 있는 시인(어린아이)만이 운장산 굴참나무
가 될 수 있는 것이다.

바다의 제왕인 혹등고래가 운장산 굴참나무가 되고,
운장산 굴참나무가 아장아장 헤엄을 치며, 그 사나운
파도마저도 다 잠재우고, 오늘도, 지금 이 순간에도,
휘파람을 불며, 지상 최대의 행복한 삶을 즐긴다.

송찬호
항아리

물이 반쯤 찼다고
항아리 웃네
항아리 옹알이 하네
물이 반쯤 찼다고
항아리 배불뚝하네
물이 반쯤만 차도
꺄르르 웃는
오, 항아리는 튼실하여라
항아리 저리 의젓하니
물맛도 똑똑해지네
젖살이 올라 물이 통통해지네

풍년이 들면 모두가 도덕군자가 되고, 흉년이 들면 모두가 악마가 된다. 최종심급은 경제이며, 이 밥그릇이 충족되지 않으면 정치, 경제, 문화, 예술, 학문 등, 그 모든 분야가 발전할 수가 없게 된다.

　송찬호 시인의 「항아리」는 어른이 부르는 동요이며, 물이 반쯤 찬 항아리를 어린아이로 의인화시킨 시라고 할 수가 있다. 상징의 천재와 은유의 천재가 진정한 시인이듯이, 아가리가 좁고 배가 부른 항아리를 인간화시켜 동요를 불러준다는 것은 제일급의 시인만이 할 수 있는 특권이라고 할 수가 있다.

　물이 반쯤 찼다고 웃고, 물이 반쯤 찼다고 옹알이를 한다. 물이 반쯤 찼다고 배불뚝하고, 물이 반쯤 찼다고 까르르 웃는다. 과유불급過猶不及, 욕심이 지나치면 부족한 것만 못하고, 조금 부족하더라도 만족할 줄 알면 그것이 시인의 행복이 된다.

더 이상 욕심을 부리지 않으니까 근심 걱정이 없고, 근심 걱정이 없으니까 항아리는 저리 의젓할 수 있다. 인심과 물맛도 도덕에 기초해 있고, 이 도덕에 의해서 모든 천재들이 탄생한다. 인심과 물맛은 젖맛이며, 모든 인간들은 이「항아리」의 젖을 먹고 젖살이 통통해진다.

　이 세상의 삶을 끊임없이 미화하고 찬양하는 사람은 누구인가? 비록, 여러모로 부족하고 어렵지만, 자기 만족할 줄 아는 사람이고, 가장 행복하게 사는 사람이다. 가장 행복한 사람은「항아리」이며, 젖살이 통통 오른 어린아이이고, 영원한 동요를 부르는 송찬호 시인이라고 할 수가 있다.

김추인
나를 응시하는 눈이 있다

미행 당하는 기미에 휙 돌아본다 없다

내 안에 나인 듯 아닌 듯 들키는 이
바깥과 안쪽
현실의 나와 꿈꾸는 나
때때마다 다른 면상이
물과 기름 같아서
때론 샴 쌍둥이 같아서
훈장님네 반듯한 딸과 바람 타는 딸이 내 안에서 티
격태격 툭하면 목을 비틀고 싸우는 둘의 불화 그런 '나'
들을 한심스레 바라보는 또 다른 내가 있고
바라보는 '나'의 근심에 안스러워 궁구하는 또 하나
의 '나'라니…
이들만이 아니고
가끔 허락도 없이 생뚱맞게 튀어나오는
내 안의 '나'들

슬픔이와 우울이 사랑이와 명랑이 찬찬이와 덜렁이 팔랑이 부산이 묵묵이 탐심이 헐렁이 한심이 투박이 비단이 시치미 뚝뚝이 쪼잔이 대범이 상큼이 그리고 삐죽이와 넉살이, 숨겨둔 딸년들처럼 무시로 나오기도 하는데

　광화문 교차로
　숱한 내가
　죽어도 아닌 것이 아닌 내가

　신호등에 동공을 박고 섰던 처녀인 내가 상남자인 내가 깜박 바뀐 파란불이 지상명령이란 듯
　삽시간에 부딪치며 스치며 흘끔거리며 조잘대며
　겨울을 벗지 못한 내가 미리 꺼낸 반팔의 내가
　환절기 기침을 숨기며 총총걸음으로 느릿느릿 팔랑팔랑
　길을 건너가고 있다 다들 내안에서 때를 엿보던 것들

　너도 나이고 파릇한 너도 완고한 너도 개같은 너도 너도 나다

📖

　　호머는 최초의 시인이자 최후의 시인이라고 할 수가
있다. 그는 서양문명의 창시자이며, 오늘날의 서양인
들은 그의 말씀에 의하여 태어난 후손들이라고 할 수
가 있다. 그리스의 신들, 즉, 제우스, 포세이돈, 하데
스, 헤라, 아폴로, 아르테미스, 아프로디테, 헤파이스
토스, 헤르메스 등을 창출해낸 것도 호머이고, 아가멤
논, 아킬레스, 아이아스, 오딧세우스, 헥토르, 파리스,
프리암, 카산드라, 테이레시아스, 세이렌, 테티스, 메
넬라우스 등을 창출해낸 것도 호머라고 할 수가 있다.
이 세상에서 가장 고귀하고 위대한 사람은 누구이란 말
인가? 그것은 두말할 것도 없이 많이 아는 자, 즉, 자
기 자신의 앎(지혜)으로 수많은 사람들과 사물들의 이
름을 명명하고, 자기 자신의 도덕과 질서와 법의 보호
아래 그 사물들과 인물들을 가르치고 먹여 살리는 사
람이라고 할 수가 있다. 호머는 전지전능한 신들을 창

출하고 그 신들의 성격과 활동영역을 부여했으며, 다른 한편, 『일리어드』와 『오딧세우스』의 수많은 등장인물들을 창출하고, 그 인물들의 성격과 활동영역을 부여했던 것이다.

신이 인간을 창조했는가? 인간이 신을 창조했는가? 이러한 질문은 매우 중요하고 여전히 유효한 질문들이지만, 그러나 종교와 신화의 기원과 그 의미들을 살펴보면 신들의 존재는 흔적조차도 없게 된다. 신들은 존재하지 않았고, 존재한 적도 없었지만, 그러나 더없이 나약하고 무능한 인간들이 전지전능한 신들을 창출해 낸 것은 인간의 나약함과 그 무능함을 극복하기 위한 최고급의 상책이기도 했던 것이다. 어렵고 힘들 때마다 전지전능한 신들을 상정하고 그 돌파구를 마련한다는 것, 다른 한편, 전지전능한 신들이 최고급의 인식의 진전과 과학적 발전을 가로막을 때마다 그 신들의 목을 비틀어버린다는 것, 바로 이 신앙과 독신이 우리 인간들의 역사발전의 두 축이라고 할 수가 있는 것이다.

호머는 단 하나의 호머가 아니고, 수많은 신들과 인간들이 살고 있는 호머라고 할 수가 있다. 알렉산더대왕도 단 하나의 알렉산더대왕이 아니고, 수많은 신들

과 인간들이 살고 있는 알렉산더대왕이라고 할 수가 있다. 서양철학의 아버지인 소크라테스도 마찬가지이고, 동양철학의 아버지인 공자도 마찬가지이다. 나는 단 하나의 나가 아니고 수많은 '나'들이 살고 있는 '나'이며, 이 '나'라는 분신과 다른 사람에 의하여 '나'의 고귀함과 위대함의 크기가 결정된다고 할 수가 있다. 톨스토이는 그 얼마나 많은 자기 자신과 다른 사람들을 창출해냈던 것이고, 셰익스피어는 그 얼마나 많은 자기 자신과 다른 사람들을 창출해냈던 것인가? 괴테와 도스토예프스키가 창출해냈던 사람들도 인산인해人山人海를 이루고, 박경리와 조정래가 창출해냈던 사람들도 인산인해를 이룬다.

김추인 시인의 「나를 응시하는 눈이 있다」는 '나'와 '나'들의 관계를 천착해낸 인간의 철학, 즉, '자기 자신의 존재론'이라고 할 수가 있다. 내 안에는 나인 듯 아닌 내가 있고, 현실의 나와 꿈꾸는 내가 있다. 훈장님의 반듯한 딸과 바람끼 많은 딸이 있고, 그들은 툭하면 목을 비틀고 싸운다. 그 '나'들의 싸움을 바라보는 내가 있고, 그 싸움들을 근심스럽게 바라보는 나를 연구(窮究)하는 또 하나의 내가 있다. "이들만이 아니고/ 가끔

허락도 없이 생뚱맞게 튀어나오는/ 내 안의 '나'들"도 있고, 그 '나'들은 "슬픔이와 우울이 사랑이와 명랑이 찬찬이와 덜렁이 팔랑이 부산이 묵묵이 탐심이 헐렁이 한심이 투박이 비단이 시치미 뚝뚝이 쪼잔이 대범이 상큼이 그리고 삐죽이와 넉살이, 숨겨둔 딸년들처럼 무시로" 쏟아져 나온다. 광화문 교차로에는 숱한 내가 있고, "죽어도 아닌 것이 아닌 내가" 있다. 신호등에 동공을 박고 섰던 처녀인 내가 있고, 파란불을 기다리던 상남자였던 내가 있다. 겨울을 벗지 못한 내가 있고, 환절기의 기침을 숨기며 총총걸음으로 길을 건너가던 반팔의 내가 있다. 너도 나이고, 파릇한 너도 나이다. 완고한 너도 나이고, 개같은 너도 나이다.

나는 수많은 나이고, 나는 일인다역의 영원한 주연배우이다. 내가 나의 소설과 철학 속에서 전인류의 아버지이자 스승이고 재판관이라면, 내 안에는 대법원장, 국회의장, 대통령, 장관, 검찰총장, 아버지의 역할을 맡아야 하는 나들이 있어야 하고, 다른 한편, 내 안에는 대학교수, 총장, 교장, 교감, 교육감, 담임선생님의 역할을 맡아야 하는 나들이 있어야 하고, 그 '나'들이 상호토론과 상호비판, 또는 서로가 서로의 목을 비

틀며 피투성이가 되도록 싸워야 하는 내가 있어야 한다. 이 수많은 나들이 상호토론과 상호비판 속에 살며, 이 투쟁 속의 영원한 평화를 연출해낼 수 있는 능력이 나의 고귀함과 위대함의 크기라고 할 수가 있다.

모든 교육은 이 다양한 '나'들을 조직배양하고 창출해내는 교육이며, 밤하늘의 별들만큼이나 더욱더 많은 나를 거느린 전인류의 스승들을 창출해내는 교육이라고 할 수가 있다. 인간의 철학은 주체철학이며, 김추인 시인의 「나를 응시하는 눈이 있다」는 수많은 '나'들이 다양하게 분화하고 활동하는 모습을 보여주는 수작이라고 할 수가 있다. 나를 사상가, 시인, 소설가, 영화배우, 오페라가수, 화가로 만들고, 나를 대통령, 장관, 국회의장, 대법원장, 대학총장, 교수, 학생, 농부, 거지로 만들고, 이 다른 사람들, 이 다양한 나들을 나의 몸과 마음 속에 살게 하며, 더욱더 크고 영원한 제국을 연출해낸다는 것은 나의 영원한 꿈이라고 할 수가 있다. 나는 내가 아니고 수많은 사람들이며, 나의 몸과 마음은 그 어떤 나라보다도 더 큰 영원한 제국이라고 할 수가 있다.

공부를 한다는 것은 나를 나 아닌 나들로 조직배양

하는 것이고, 나를 나 아닌 나들로 조직배양한다는 것은 나의 몸과 마음이 수많은 사람들의 이상적인 낙원인 영원한 제국이 되어간다는 것이다.

나는 수십 억의 나들이고, 전인류의 총체이며, 나는 전인류의 영원한 제국이다.

나는 전인류이고, 나는 전인류의 영원한 제국이다.

이영식

봄똥으로 온 여자

불가촉천민으로 살았지.

천지간, 풍찬노숙 툭툭 털고 일어선 알몸의 여자. 납작 엎드려만 살다가 속이 차지 못한 몸종 같은 여자. 오가는 바람 치근덕거려도 손사래 치거나 도망치는 법 모르는 여자. 억울하고 분할 때면 푸하하! 한 무더기 소똥 같은 웃음 터트리는 여자. 봄— 봄동이라 부르기보다는 봄똥이 어울리는 여자.

잔설 남아있는 겨울 끝자락. 잡히는 손에 쩍쩍 찢어져 즉석 겉절이로 버무려지는 여자. 냉이 달래처럼 곱고 예쁘지는 않지만 그 이름 자꾸 씹다보면 아삭, 고소한 맛이 나는 여자. 속이 시끄럽지 않고 편해서 곁에 있는 줄도 몰랐던 여자. 얼룩져 우그러진 하루에 은근히 힘이 되어주는 내 여자.

고향이 어디냐 물어도 남쪽이라 흘리며 먼 하늘만 바라보네.

봄동은 냉이와 달래 등과 함께 대표적인 봄채소이며, 한겨울을 노지에서 보낸 배추를 말한다. 한겨울의 추운 날씨 때문에 속이 꽉 차지 못하고 잎이 옆으로 퍼져있지만, 김장배추보다 수분이 많고 씹을수록 고소한 맛이 난다. 일반 배추보다 두껍지만 식감이 아주 좋고, 주로 겉절이와 샐러드 등으로 사용한다.

이영식 시인의 「봄동으로 온 여자」는 봄동에 대한 최고급의 찬양이면서도 이 봄동으로 대표되는 한국 여성에 대한 헌시라고 할 수가 있다. 사랑은 불가촉천민의 사랑이고, 방법은 끊임없는 인내와 살신성인의 희생정신이다. 사상은 전인류를 향한 인도주의이고, 그 목표는 이상낙원의 건설이다. 불가촉천민이란 브라만(승려계급), 크샤트리아(귀족, 무사계급), 바이샤(농민, 상인), 수드라(수공업자, 하인, 청소부) 계급 밖의 가장 더럽고 불결한 계급을 뜻하지만, 그러나 이영식 시인의 「봄동으로 온 여

자」는 대뜸 이 카스트 제도를 무화시키며, 불가촉천민의 여인을 전인류의 모델로 등극시킨다.

인간의 고귀함과 위대함은 출신성분에 있지 않으며, 그가 어떤 자리, 어떤 위치에 있더라도 그의 이웃과 사회적 환경을 탓하지 않으며, 그 천역을 성역으로 승화시킬 수 있느냐에 달려 있다고 할 수가 있다. "천지간, 풍찬노숙 툭툭 털고 일어선 알몸의 여자"는 그 어떤 고통과 최악의 환경 속에서도 굴하지 않은 여자를 뜻하고, "납작 엎드려만 살다가 속이 차지 못한 몸종 같은 여자. 오가는 바람 치근덕거려도 손사래 치거나 도망치는 법 모르는 여자"는 그 고통과 최악의 환경을 외면하거나 탓하지 않고 정면돌파해온 인내와 살신성인의 희생정신을 뜻한다. "억울하고 분할 때면 푸하하! 한무더기 소똥 같은 웃음 터트리는 여자. 봄— 봄동이라 부르기보다는 봄똥이 어울리는 여자"는 언제, 어느 때나 이 세상의 삶을 옹호하고 찬양해온 여자를 뜻하고, "잔설 남아있는 겨울 끝자락. 잡히는 손에 쩍쩍 찢어져 즉석 겉절이로 버무려지는 여자. 냉이 달래처럼 곱고 예쁘지는 않지만 그 이름 자꾸 씹다보면 아삭, 고소한 맛이 나는 여자. 속이 시끄럽지 않고 편해서 곁에 있는

줄도 몰랐던 여자. 얼룩져 우그러진 하루에 은근히 힘이 되어주는 내 여자"는 천하제일의 살맛(입맛)을 돋구워주는 행복의 전도사를 뜻한다.

사람이 꽃보다 아름답고, 사람이 하나님보다도 어질고, 사람이 그 어떤 입맛보다도 더 달콤한 봄똥이 되어준다. 이영식 시인은 「봄똥으로 온 여자」를 만인의 여인으로 창출해냈으며, 이 「봄똥으로 온 여자」를 통해서 우리 한국인들의 이상적인 삶과 그 행복을 창출해냈다. 억울하고 분할 때마다 푸하하 웃으며, 냉이와 달래처럼 예쁘지는 않지만, 오래 오래 씹다보면 아삭하고 고소한 맛이 나는 봄똥—. 고향이 어디냐고 물을 필요도 없고, 부모형제를 물을 필요도 없고, 출신학교를 물을 필요도 없다.

언제, 어느 때나 최하천민의 삶을 최고급의 인간의 삶으로 창출해낼 수 있는 봄똥—. 봄똥으로 온 여자는 자유의 꽃이고, 평화의 꽃이며, 사랑의 꽃이다. 봄똥으로 온 여자는 인간의 꽃이고, 민주주의의 꽃이고, 만인평등의 꽃이다.

이영식 시인은 혁명가이며, 모든 가치의 창조자이

다. 그의 꿈은 이 세상 밖을 향한 몸짓이 아니고, 최하천민의 삶을 이상적인 성역으로 변모시키려는 꿈이다. 그의 꿈은 불가능을 꿈꾼다는 점에서는 혁명적이고, 그 불가능을 가능케 하고 있다는 점에서는 현실적이다.

봄똥으로 새날이 밝아오고, 봄똥으로 새로운 세상이 열린다.

현상연
장항아리

맨드라미 제 몸 불사르던 날
아버지,
부푼 배 끌어안고 질긴 발효 꿈꾼다

폭염 탓인지 곰팡이 번식 탓인지
간장은 부패되어 시궁창 냄새 진동한다
우환이 담을 넘고
집안에 수심이 납작 엎드려 있다
목까지 차오른 근심은
간장을 범인으로 몰아세우고
어머니,
간장 항아리 산산이 깨버린다
깨진 조각에서 흘러내린 숯물
가슴에 고인다

흩어진 어둠이 제 그늘을 긁어모으고
그늘 안쪽은 점점 넓어졌다
근심이 안방에 모이던 날
아버지 사진 속으로 들어가고
허기진 그리움만 가난으로 웃고 있다

건조한 공기는 습한 공기를 받아들이고, 습한 공기
는 건조한 공기를 받아들인다. 차가운 공기는 따뜻한
공기를 받아들이고, 따뜻한 공기는 차가운 공기를 받
아들인다. 선은 악과 짝을 이루고, 악은 선과 짝을 이
룬다. 진실은 거짓과 짝을 이루고, 거짓은 진실과 짝을
이룬다. 밖으로 발산하지 못한 욕망은 내면화되고, 내
면화된 욕망은 그것이 성적 욕망이든, 물질적 욕망이
든, 그 어떤 방법으로든지 내적 폭발을 하게 된다. 건
조한 공기/ 습한 공기, 차가운 공기/ 따뜻한 공기, 선
과 악, 진실과 거짓, 외적 욕망과 내적 욕망, 이성과 광
기 등, 이 모든 대립적인 것들은 동일한 현상의 양면에
지나지 않는다. 상극은 하나로 통하고, 이 하나에서 모
든 상극(양극)들이 갈라져 나온다.

　현상연 시인의 「장항아리」는 밖으로 발산되지 못한
공격본능이 전혀 엉뚱한 장항아리에게로 폭발하게 된

웃지 못할 촌극이라고 할 수가 있다. 때는 "맨드라미 제 몸 불사르던 날/ 아버지/ 부푼 배 끌어안고 질긴 발효를 꿈"꿀 때이고, 장소는 "우환이 담을 넘고" "수심이 납작 엎드려" 있는 "집안"이었다. 화자는 딸이고, 주연배우는 어머니이고, 주제는 '화풀이'라고 할 수가 있다. 남편은 하나님이고 가장이며, 이 남편의 노고에 의하여 한 가정의 평화와 행복이 유지된다고 해도 지나친 말이 아니다. 그 하나님, 그 가장이 아마도 술 때문이겠지만 간경화로 임종 직전의 사경을 헤매고 있으니, 아내로서의 어머니는 그 안타깝고 참담한 심정을 어찌할 수가 없었던 것이다.

술은 간장을 부패하게 만들고, 이 부패한 간장에서는 시궁창 냄새같은 악취가 진동을 한다. 하지만, 그러나 어머니는 남편의 과음이나 술을 탓하지 못하고, 우리 한국인들의 대표적인 발효식품인 간장에게 그 화풀이를 해댄다. 애첩에게 혼이 나고 조강지처에게 화풀이를 해대는 것과도 같고, 남편이 미군에게 총살을 당하자 충직한 하인에게 화풀이를 해대는 것과도 같다. 화풀이란 패자의 내면화된 공격본능이며, 직장의 상사나 절대적인 강자에게 혼이 나고, 자기 자신보다 못한

사회적 약자에게 화풀이를 함으로써 그 피해를 보상받으려는 심리적인 반응이라고 할 수가 있다.

하지만, 그러나 왜 간장인가? "폭염 탓인지 곰팡이 번식 탓인지/ 간장은 부패되어 시궁창 냄새"를 풍겼고, 우리 인간들의 간장과 우리 한국인들의 대표적인 발효식품인 간장은 순우리말로 동음이의어이기 때문이다. 간장肝臟 때문에 하나님이자 가장인 남편을 잃게 되었으니, 간장醬 항아리를 깨버려야 한다는 것이 그 잘못된 심정이었을 것이다. 졸지에, 순식간에, 이로운 식품인 간장이 해로운 식품이 되어버린 것이지만, 어머니의 그 화풀이에도 불구하고 아버지의 임종은 어쩔 수가 없었던 것이다. 근심 걱정이 안방에 모인 날 아버지는 영정사진 속으로 들어가고, 그 아버지의 부재탓으로 "허기진 그리움만 가난"으로 웃고 있었던 것이다.

된장이나 간장에 숯을 넣는 이유는 숯으로부터 자연스럽게 미네랄이 스며 나오기 때문이고, 숯이 유익한 미생물의 서식지를 마련해줌으로써 우리들의 간장을 최고의 발효식품으로 만들어 주고 있기 때문이다. 현상연 시인의 「장항아리」의 '숯물'은 이중─삼중의 화풀이의 손실을 의미한다. 왜냐하면 아버지의 죽음도 막

지 못했고, 우리 한국인들의 대표적인 발효식품인 간장도 잃어버렸고, 오히려, 거꾸로 "허기진 그리움만 가난"으로 가중시켰기 때문이다.

밖으로 발산되지 못한 공격본능은 내면화되고, 이 내면화된 공격본능은 호시탐탐 폭발의 기회만을 노린다. 누군가에게 혼이 나고 상처를 입었으면 그 혼이 나고 상처를 입은 만큼 타인에게 반드시 화풀이를 하지 않으면 안 된다. 이 공격과 방어, 이 방어본능과 공격본능이 우리 인간들을 저마다의 '화풀이의 주연배우'로 살아가게 만든다. 우리는 모두가 다같이 화풀이의 주연 배우들이다.

전영숙

동백꽃 피려 할 때

찌르르 젖이 돈다
둥글게 문질러
아기의 입에 젖을 물린다
동백나무가 공중의 입에
꽃몽우리를 물리 듯

어찌나 세게 빠는지
아기의 이마와 코에
송골송골 땀이 맺힌다
꽃몽우리 끝도 피가 몰린 듯 발갛다

쓰리고 화끈거리겠지
속엣 것을 빨아 낼 때
부르르 떨리던 고통
흔들리는 동백나무가

바람 때문만은 아닌 것이다

쏟아져 나오는 젖물처럼
터져 나올 꽃잎들
또 공중의 입속은 얼마나 달콤할까
햇빛과 바람에
통통 분 꽃몽우리가 벌어진다

벌과 나비
공중에 속한 것 모두
잠든 아기 배만큼
부르겠다
찌르르 젖이 돈다
동백이 피려 한다

자연의 법칙에는 두 가지가 있는데, 절약의 법칙과 연속의 법칙이 그것이라고 할 수가 있다. 자연은 언제, 어느 때나 최단의 행로를 행하고(절약의 법칙), 자연은 언제, 어느 때나 변화가 필요할 때에도 논리적인 비약을 하지 않는다(연속의 법칙). 모든 만물의 근본 욕망은 성적 욕망이며, 이 성적 욕망을 생각할 때마다 나는 절약의 법칙과 연속의 법칙을 떠올려 보게 된다. 어머니의 자궁 속에서부터 남성의 유전자를 지니고 태어나느냐, 아니면, 여성의 유전자를 지니고 태어나느냐에 따라서 그의 운명이 결정된다. 남자 아이에게는 남자로서 살아가야 할 운명이 부여되고, 여자 아이에게는 여자로서 살아가야 할 운명이 부여된다. 성적 욕망은 종족의 명령이고, 어느 누구도 이 종족의 명령을 거역할 수는 없다.

남자 아이, 또는 여자 아이, 즉, 인간이 태어나 젖을

먹고 자라나, 자기 짝을 찾아 결혼을 하고 죽을 때까지, 우리 인간들은 너무나도 철저하고 완벽하게 종족의 명령을 수행하지 않으면 안 된다. 유치원에서부터 초등학교까지, 중학교에서부터 대학원까지 공부를 하는 것도 종족의 명령이고, 소위 돈과 명예와 권력을 얻고 출세를 하는 것도 종족의 명령이며, 아들과 딸들이 결혼을 하고 아이를 낳으면 이 세상의 임무를 끝내고 자연으로 돌아가는 것도 종족의 명령이다.

전영숙 시인의 「동백꽃 피려 할 때」는 "찌르르 젖이" 도는 시간이며, 이 시간은 엄마와 아기가 젖을 통하여 종족의 과업을 수행하는 시간이라고 할 수가 있다. 엄마는 그 옛날의 엄마들이 그러했듯이, 자기 자신의 몸을 희생시켜 어린아기에게 영양을 공급해 주어야 하고, 어린아기는 그 옛날의 어린아기들이 그러했듯이, 엄마의 젖을 통해 영양을 공급받고 종족의 역사를 새롭게 써나가지 않으면 안 된다. "동백나무가 공중의 입에/ 꽃몽우리를 물리 듯" "둥글게 문질러/ 아기의 입에 젖을" 물리면, "어찌나 세게 빠는지/ 아기의 이마와 코에/ 송골송골 땀이 맺힌다." 아기가 엄마의 젖을 세게 빨면 "꽃몽우리 끝도 피가 몰린 듯 발갛고", 엄마의 젖

이 쓰리고 화끈거려 부르르 떨면 아기의 입속은 달콤하고 배가 부르게 된다.

이 세상에 종족의 명령, 즉, 성적 욕망보다 더 고귀하고 위대한 욕망은 없다. 정치, 경제, 문화, 예술, 스포츠 등, 그 모든 학문과 직업마저도 성적 욕망을 실현하기 위한 과업에 지나지 않는다. 첫째는 종의 건강이며, 둘째는 종의 번영과 행복일 것이다. 한 알의 씨앗이 떨어져 싹이 트고, 꽃이 피고, 그리고 열매를 맺고죽는 과정과도 똑같은 것이다.

자연의 법칙은 종의 건강과 종의 번영(행복)을 위한 법칙이며, 어느 누구도 이 자연의 법칙을 거역할 수는 없다. 수많은 질투와 시기와 이성의 간계와 권모술수와 논쟁과 내란과 전쟁과 순정과 불륜마저도 우리 인간들의 성적 욕망을 충족시키기 위한 수단에 지나지 않으며, 모든 인간들은 종족의 명령을 수행하는 충복들에 지나지 않는다. 선도 없고, 악도 없다. 불륜도 정상적인 구애활동이고, 순정도 정상적인 구애활동이다. 전쟁도 정상적인 구애활동이고, 평화도 정상적인 구애활동이다. 일년 삼백육십오일이나 봄, 여름, 가을, 겨울의 시간과 계절의 운행처럼, 단 일분, 일초의 예외도

없고, 단 한 치의 빈 틈도 있을 수가 없다.

동백도 인간의 삶과 똑같다. 전영숙 시인의 「동백꽃
피려 할 때」는 "찌르르 젖이" 도는 시간이며, 이 시간
은 동백이 동백의 젖을 통하여 종족의 과업을 수행하
는 시간이라고 할 수가 있다.

"쏟아져 나오는 젖물처럼/ 터져 나올 꽃잎들/ 또 공
중의 입속은 얼마나 달콤할까/ 햇빛과 바람에/ 통통 분
꽃몽우리가 벌어진다// 벌과 나비/ 공중에 속한 것 모
두/ 잠든 아기 배만큼/ 부르겠다/ 찌르르 젖이 돈다/
동백이 피려 한다."

오은
그들

난 날은 같은데 간 날은 다른
사람 둘

남은 자는 먼저 간 자를 생각한다
왜 이렇게 빨리 떠났냐고
저세상을 향해 울부짖는다

난 날은 다른데 간 날은 같은
사람 둘

먼저 난 자는
한창때인데 왜 따라왔냐고
나중에 난 자에게 역정을 낸다

난 날과 간 날이 같은

사람 하나

남은 자는
박수하다가 기도하다가
축하하다가 애도하다가

생일이 기일일 때
나고 간 것은 다름 아닌 너인데
눈물 나고 맛 간 것은 왜 나인지
도무지 모르겠다며

남은 자의 몸은
마음을 이기지 못하고
자꾸만 주저앉는다

신은 인간의 모습을 한 상징적 존재이며, 신에 대한 예배는 그 사회에 대한 변장된 예배라고 할 수가 있다. 신은 전지전능하고 무한한 존재인데 반하여, 인간은 더없이 나약하고 유한한 존재에 지나지 않는다. 이 유한성과 무가 이 세상의 비극의 기원이기 때문에, 우리 인간들은 전지전능한 신을 상정하고 그 어렵고 힘든 상황을 극복해 왔다고 할 수가 있다. 인간은 사회적 존재이며, 모든 종교는 특정한 개인이 아닌 그 구성원들에게 정체성을 부여해주고, 모든 구성원들이 상부상조하며 더욱더 행복하게 살 수 있도록 해준다고 할 수가 있다.

　하지만, 그러나 더 이상 신은 존재할 수 없게 되었고, 오늘날의 학문의 성과에 힘입어 신의 목을 비틀어 버린 인간들은 더 이상의 사회적 동물로서의 결속력을 갖지도 못하게 되었다. 나는 너이고, 너는 나이며, 이

너와 나는 '우리'로서 하나가 되는 것이다. 이 너와 나가 아닌 그들은 타인들이며, 이 타인들은 그 어떠한 공동체 의식이나 연대의식을 갖지 못한 남남일 뿐인 것이다. 그들 중의 하나가 실연을 당해도 즐겁고 기쁜 일이고, 그들 중의 부모형제가 죽어도 애인과의 밀월여행이 더욱더 즐겁고 기쁠 뿐이다. 그들 중의 어느 하나가 약점을 보이면 느닷없이 목을 비틀고 전재산을 가로채 가도 되고, 그들 중의 어느 누가 선량한 인간의 탈을 쓰면 더없이 악랄하고 잔인한 흑색선전으로 질식시켜 죽여도 된다. 그들과 그들은 사랑하고 약속할 수 없는 타인들이며, 그 어떠한 짓을 다해도 죄가 되지 않는다. 약육강식과 만인 대 만인의 싸움은 일상생활이 되었으며, 이것이 오늘날 자본주의 사회의 법칙인 것이다.

세속의 영역은 일상적인 영역이고, 신성의 영역은 초월적인 영역이다. 우리는 세속적인 영역에서 일과 사랑을 하며 이 세상의 존재의 근거를 마련하고, 다른 한편, 우리는 신성의 영역에서는 전지전능한 신이나 이상적인 인간을 대면함으로서 자기 자신을 미래의 인간으로 인도하고 어렵고 힘든 이 현실을 극복해나간다. 오늘날 더 이상 신이 존재하지 않고 우리가 아닌

그들, 즉, 원자화되고 파편화된 타인들(개인들)만이 존재하게 되었다는 것은 신성의 영역이 다 무너지고 더 이상의 사랑과 존경의 대상이 없어졌다는 것을 뜻한다. 일이 세속적인 활동의 가장 탁월한 모습이라면 존경과 찬양은 신성의 영역의 가장 탁월한 활동이라고 할 수가 있다. 일과 그 일의 성과만을 중요시 한다는 것은 모든 인간 관계가 경제학의 잣대로 재어진다는 것을 뜻하고, 존경과 찬양의 대상이 없어졌다는 것은 무서운 원수형제들, 즉, 영원한 타인들만이 남아서 무차별적인 '만인 대 만인의 싸움'을 하고 있다는 것을 뜻한다. 오늘날의 우리 인간들은 자연과학과 돈을 숭배하지, 고귀하고 위대한 인간이나 전지전능한 신을 숭배하지 않는다. 신성의 영역도 사라졌고, 존경과 찬양의 대상도 사라졌고, 무한한 사랑과 매력적인 존재도 사라졌다.

오온 시인의 「그들」은 이 싸늘한 이기주의 시대에, 나와 너가 없는 그들 속에서 그 '나와 너의 흔적'을 찾아서, 우리 인간들의 삶의 터전과 그 신성한 대상들을 노래하고 있는 것인지도 모른다. 정신과 육체도 둘이 아닌 하나이고, 세속의 영역과 신성의 영역도 둘이 아닌 하나이며, 나와 너도 그들이 아닌 우리로서의 하나

이다. "난 날은 같은데 간 날은 다른/ 사람 둘"이 그렇고, "난 날은 다른데 간 날은 같은/ 사람 둘"이 그렇다. "남은 자는 먼저 간 자를 생각"하며, "왜 이렇게 빨리 떠났냐고/ 저세상을 향해 울부"짖고, "먼저 난 자는/ 한창때인데 왜 따라왔냐고/ 나중에 난 자에게 역정을 낸다." 남은 자도 먼저 간 자를 생각하며 마음 속 깊이 사랑을 하고, 먼저 난 자도 나중에 난 자를 생각하며 마음 속 깊이 사랑을 하고, 따라서 이 사랑의 관계는 더 이상 그들과 그들의 관계가 아닌 것이다. 인간이 인간인 것은 너와 내가 손에 손을 맞잡고 우리가 될 수 있기 때문이고, 이것은 "난 날과 간 날이 같은/ 사람 하나"를 생각하며 울부짖는 '나'가 그것을 증명해준다.

이 세상에 태어난 날은 축하를 해주어야 하고, 이 세상을 떠나간 날은 다같이 애도의 마음을 표시해주어야 한다. 난 날과 죽은 날, 즉, "생일이 기일일 때/ 나고 간 것은 다름 아닌 너인데/ 눈물 나고 맛 간 것은" 내가 된다. 왜냐하면 그들과 그들 속에서, 타인과 타인들 속에서 "남은 자의 몸은/ 마음을 이기지 못하고/ 자꾸만 주저앉기" 때문이다.

사회는 개인보다 더 크고, 그 넓은 옷자락에 모든 사

람들을 다 품어준다. 하루바삐 다만, 하나의 상상 속의 공간일지라도 신성의 영역을 재구축하고, 모두가 다같이 사랑을 하고 존경을 하는 우리 인간들의 관계를 회복시키지 않으면 안 된다.

로빈슨 크루소나 빠삐용처럼 무인도에서 홀로 살아 보라! 너와 내가 우리로서 하나가 될 수 있는 이 세상이 그 얼마나 경건하고 성스러운 지상낙원인지 알게 될 것이다.

강우현
竹, 경전이 되기까지

원뿔을 올리면
설계가 끝난 것
그들의 계획이 진행되는 신호다
대물림한 유전자에
온도나 습도가 맞아떨어지고
비바람에도 끄떡없는 기초공사가 마무리된 것

눈부신 지상을 뚫는 일이
어디 만만한가
정확한 위치와 문의 크기를 표시해
스케치한 몸을 대보고
바람의 속도까지 계산한 도면대로
눈을 질끈 감고 한판 붙는 일이다

그늘이 마음 놓고 지경을 넓히는 곳이면

휑한 허공은 모두 길이 되어
하룻밤 키에도 물이 오른다
어디서 정점을 찍을지 밤새도록 별은 깜박거리고
바람을 껴입는 댓잎은 초록으로 흔들린다

뿌리를 뻗는 것들은 흙의 자식,
단단한 집을 짓고 나온 기억으로
치솟으며 마디마디 바람의 경을 필사한다

대나무는 볏과에 속한 식물이며, 그 키가 30m까지 자라고, 볏과 식물 중에서 가장 키가 크다. 건축재와 가구재와 낚시대 등으로 다양하게 사용되며, 어린 싹인 죽순은 식용으로 사용되지만, 그러나 이 대나무는 매화, 난초, 국화와 함께, 사군자로서 그 명성이 더 높다고 할 수가 있다. 사군자란 학문과 덕행, 즉, 앎과 행동이 일치하는 선비를 뜻하고, 대나무는 아름다움과 올곧음과 실용성 이외에도 한겨울에도 그 푸르름을 유지하는 선비의 상징이라고 할 수가 있다.

선비란 전인류의 스승이며, 그의 앎과 행동에 의해서 우리 인간들은 언제, 어느 때나 우회하거나 좌절하지 않고 올바르게 살아갈 수가 있는 것이다. 이 선비의 가르침이 담긴 책이 경전이며, 우리 인간들은 이 경전을 끼고 살면서 새로운 사상과 이론을 창출해내고, 미래의 인간의 이상과 그 역사를 새롭게 써나간다.

이 세상에서 새로운 씨앗을 뿌리고 싹을 틔우는 것처럼 거룩하고 성스러운 것은 없다. 씨앗이 떨어져 싹이 트면 꽃이 피고, 꽃이 피면 열매가 달린다. 열매가 달리면 곧 그 열매가 익고, 열매가 익으면 그 식물은 이 세상에서의 삶을 마감하게 된다. 이 삶과 죽음의 운행에는 단 한 치의 빈틈도 없고, 그 어떤 개체도 자기 자신의 목숨을 다 바쳐 최선을 다하지 않는 것이 없다. 모든 생명의 역사는 더욱더 거룩하고 장엄한 투쟁의 역사이자 살신성인의 희생정신의 역사라[84]고 할 수가 있다.

강우현 시인의 「竹, 경전이 되기까지」는 '대나무 경전의 찬가'이며, 온몸으로, 온몸으로 경전을 쓰는 삶의 역사라고 할 수가 있다. 대나무는 시인이 되고, 시인은 선비가 되고, 선비는 전인류의 스승이 되어 오늘도, 지금 이 순간에도 '바람의 경'을 필사한다. 대나무가 죽순의 "원뿔을 올리면/ 설계가 끝난 것"이고, 따라서, 대나무라는 종족의 임무가 끊임없이 진행되고 있다는 신호라고 할 수가 있다. "대물림한 유전자에/ 온도나 습도가 맞아떨어"진 것이고, 그 어떤 "비바람에도 끄떡없는 기초공사가 마무리된 것"이다.

이 세상의 삶의 역사는 일엽편주와도 같은 배로 그토록 거칠고 사나운 바다를 건너가는 것과도 같고, 이 도전과 응전의 역사 속에서 그 모든 일에 대한 계획과 그 비책을 세워두지 않으면 안 된다. 왜냐하면 "눈부신 지상을 뚫는 일이" 절대로 만만하지 않기 때문이고, "정확한 위치와 문의 크기를 표시해/ 스케치한 몸을 대보고/ 바람의 속도까지 계산한 도면대로/ 눈을 질끈 감고 한판 붙는 일"이기 때문이다. "그늘이 마음 놓고 지경을 넓히는 곳이면/ 휑한 허공은 모두 길이 되고", "하룻밤 키에도 물이" 오르게 된다. 요컨대 언제, "어디서 정점을 찍을지 밤새도록 별은 깜박거리고/ 바람을 껴입는 댓잎은 초록으로 흔들"리게 된다.

이 세상에 태어난다는 것, 사나운 비바람과 모진 추위와 싸우며 수많은 인간들과 함께, 생존경쟁을 한다는 것, 그 가운데 꽃을 피우고 열매를 남기며 죽어간다는 것―, 이것은 온몸으로, 온몸으로 자기 자신의 경전을 쓴다는 것을 뜻한다. 모든 경전은 언제, 어느 때나 가장 아름답고 멋진 신세계이며, 시간이 흐르고 역사의 깊이가 두꺼워질수록 더욱더 새롭고, 더욱더 고귀하고 위대한 인간들이 태어나고 살아가는 이상낙원

의 세계라고 할 수가 있다. 경전은 한줄기 빛이고, 태양이고, 경전은 모든 인류의 젖줄이며, 영원한 지혜(마음의 양식)의 텃밭이라고 할 수가 있다.

강우현 시인의 「竹, 경전이 되기까지」는 대나무 경전의 역사이자 그가 온몸으로, 온몸으로 쓰고 있는 경전이라고 할 수가 있다.

김지요

멈춰버린 심장처럼

폭설이 내렸습니다
검은 까마귀 떼가 설원을 날았죠
12월의 사라오름엔 흑과 백
두 가지 색만 남았어요

종아리를 비집고 들어오는 눈 보다
당신의 침묵이 더 서늘했어요
결빙의 호수를 가로질러 간
선명한 발자국만 남았죠

압 안의 말은 더 이상
소리가 되어 나오지 않아요

당신에 내게 어떤 사람이었는지
기억이 나질 않아요

어리석게도 마음을 가지려 한 적 있어요

호수를 삼킬 듯이 눈이 내리고
얼음심장으로 숨을 쉬는
호수와 함께 하얗게 지워져 가요

귀가 먹먹하게 내리는 눈발이
돌아갈 길을 숨겨 버린 지금

눈이 멀어 가요
나는 누구인가요

사라오름은 큰 그릇처럼 생긴 분화구로서 오름에서 바라보면 시야가 열려 있고, 분화구에는 호수가 있으며, 다양한 동식물들이 살고 있다고 한다. 사라오름은 제주시에 위치한 '사라봉'과 같은 어원을 갖고 있고, '사라'는 신성한 산이나 지역을 의미하며, 불교적인 의미로 큰 깨달음을 뜻한다고 한다.

김지요 시인의 「멈춰버린 심장처럼」은 호수이며, 얼음심장이 되고, 더 이상의 당신과 나의 사랑이 가능하지 않은 비극의 세계를 뜻한다. 한겨울에 폭설이 내렸고, 검은 까마귀 떼가 설원을 날아오르자 "12월의 사라오름엔 흑과 백/ 두 가지 색만" 남게 된다. 폭설은 이제까지의 사랑의 역사, 그 흔적을 지웠다는 것을 뜻하고, 검은 까마귀 떼는 더없이 불길한 예감과 흉조의 시선을 뜻한다. "12월의 사라오름엔 흑과 백/ 두 가지 색만" 남았다는 것이 바로 그 절망적인 관계를 시사해

주고 있는 데, 왜냐하면 "종아리를 비집고 들어오는 눈보다/ 당신의 침묵이 더 서늘"했기 때문이다. 당신의 침묵은 "결빙의 호수를 가로질러 간/ 선명한 발자국"이며, 더 이상의 어떤 미련이나 애정이 남아 있지 않다는 것을 뜻한다.

당신과 나, 또는 남자와 여자, 아니, 그 모든 사랑은 상대적이며, 이 상대적인 관계가 훼손될 때, 그 사랑은 두 번 다시 돌이킬 수 없는 막차를 타게 된다. 나의 자유가 소중하듯이 당신의 자유도 소중하고, 당신의 취향과 감정이 소중하듯이 나의 취향과 감정도 소중하다. 나의 정치적 성향과 행복이 소중하듯이 당신의 정치적 성향과 행복도 소중하고, 당신의 재산과 사생활이 소중하듯이 나의 재산과 사생활도 소중하다. 사랑은 자유가 되고, 자유는 평등이 되고, 평등은 너와 내가 대등한 관계가 된다. 김지요 시인의 「멈춰버린 심장처럼」은 당신이 떠나가고, 그토록 어리석게 당신의 마음을 가지려 했던 자기 자신을 탓해보지만, 이제는 사랑의 시계바늘이 떨어졌고, 그 모든 것이 다 끝나버렸다.

사랑은 얼음심장처럼 멈춰버렸고, 당신의 마음을 가

지려 했던 욕망은 더 이상 할 말을 잃어버렸다. 당신이 내게 어떤 사람이었는지 기억 나지도 않고, "귀가 먹먹하게 내리는 눈발이/ 돌아갈 길"마저도 숨겨버린다. 과유불급過猶不及, 지나치면 부족한 것만도 못하다. 당신의 모든 주체성을 무시하고 당신을 나의 '사랑의 노예'로 지배하려고 했던 사디스트적인 욕망은, 그러나 그 모든 관계들을 다 파괴시켜버린 것이다. 첫 번째는 내가 그토록 사랑했던 당신을 머나먼 이역 나라의 떠돌이—나그네가 되게 한 것이고, 두 번째는 "귀가 먹먹하게 내리는 눈발이/ 돌아갈 길을 숨겨 버린 지금// 눈이 멀어 가요/ 나는 누구인가요"라는 시구에서처럼, 자기 자신의 삶의 목표와 존재의 근거를 잃어버리게 한 것이고, 마지막으로 세 번째는 '사랑'이라는 말의 소중함과 거룩함의 존재론적 기반마저도 파괴시켜버린 것이다.

사랑을 잃어버리면 눈 먼 장님이 되고, 사랑을 잃어버리면 자기 자신을 잃어버리고 이 세계와 그 모든 생명의 질서마저도 파괴시켜 버리게 된다.

양선희
봄날에 연애

봄을 타시나 봐요

당신도 타고 싶어요

사나운 꿈을 연명장치처럼 붙들고 산 날
흔들린다

그가 내 집을 물어뜯는다
구멍을 만든다

새순을 꿈꾸는 나
끄집어낸다

그가 나의 골 깊은 겨울을
벗기고, 씻긴다

내 몸 샅샅이
색들이 살아난다

봄 탄다

파괴는 창조의 아버지가 되고, 창조는 파괴의 어머니가 되고, 이 아버지와 어머니가 하나가 되어 모든 가치들의 전환을 이룩해낸다. 새로운 세상, 새로운 언어, 새로운 자유와 질서는 이 가치의 전환에 의하여 이루어지는 것이며, 우리는 이 아름답고 멋진 신세계를 위하여 혁명을 일으키는 것이다.

　어떤 혁명이 일어나기 전에 사상의 혁명이 먼저 일어나고, 사상의 혁명이 일어나기 전에 언어의 혁명이 먼저 일어난다. 언어가 새로우면 모든 가치의 전환이 일어나고, 모든 가치의 전환이 일어나면 새로운 세계가 펼쳐진다. 양선희 시인의 「봄날에 연애」는 언어의 혁명이며, 이 언어의 혁명에 의하여 '봄날에 연애'를 완성하고, 이 '봄날에 연애'를 통하여 아름답고 멋진 봄날(신세계)을 창출해낸다.

　흔히들 '봄 탄다'는 것은 '입맛이 없다, 살맛이 안 난

다, 모든 것이 덧없고 시시하다'라는 뜻의 부정적인의 의미로 쓰이고 있지만, 그러나 양선희 시인의 "봄을 타시나 봐요"는 만물이 소생하는 봄날에 더없이 아름답고 역동적인 삶을 의미한다고 할 수가 있다. 봄은 탈것이고, 놀이도구이며, 봄은 비행기이고, 우주왕복선이다. "봄을 타시나 봐요"는 더없이 순수하고 강렬한 삶의 욕망과 관련이 있고, 이 삶의 욕망은 "당신도 타고 싶어요"라는 시구에서처럼 아름답고 멋진 남성과의 연애를 꿈꾸게 된다.

봄날은 "사나운 꿈을 연명장치처럼 붙들고 산" 회복기의 환자가 맞이한 봄날이며, 따라서 회복기의 환자는 봄을 타며, 당신도 타고 싶다는 연애를 꿈꾸게 된다. 그는 봄날이 되고, 봄날은 당신이 된다. '줄탁동시啐啄同時의 미학'—, 봄날이 내 집을 물어뜯고 구멍을 만들면, 나는 새순을 꿈꾸며, 새로운 나를 끄집어 낸다. "그가 나의 골 깊은 겨울을/ 벗기고" 씻기면, "내 몸 샅샅이/ 색들이 살아난다."

양선희 시인의 「봄날에 연애」에서 언어의 날개가 돋아나고, 그는 이 언어의 날개를 통해 봄을 타며, 아름답고 멋진 신세계를 창출해낸다.

봄 탄다. 당신도 타고, 살맛이 나고, 이 세상의 삶이 더없이 아름답고 풍요로워진다.

조용미

침묵 사제

그는 침묵을 관장하는 사람이다 그의 일은 침묵을 세심하게 관리하기 쉽도록 분류해 두는 것이다 그는 침묵을 장악하지는 못하더라도 관리할 수 있다고 믿었다

침묵의 분류 관리 통제는 그의 업무 전반에 걸친 일인데 모든 침묵이 간단하게 분류되는 것은 아니어서 그는 침묵을 맡아 다루는 일에 심혈을 기울여 생의 후반부를 온전히 바쳐야만 했다

침묵은 명령할 수도 없고 강제할 수도 없다는 것을 알고 나서부터 그의 사명감은 약간 헐거워졌다 침묵을 적절히 조정하는 것은 어려운 일이 아니어서 그는 침묵이 점점 싫어졌다

그는 침묵을 규정하여 품목별로 분류하는 데 결국

실패했다 모든 침묵에는 무엇보다 그가 좋아하는 통일성이 결여되어 있어 세부 관리의 효율성이 떨어졌다

　침묵의 불합리와 모순은 그에게 크나큰 시련이었다 침묵은 입을 다물기보다 귀를 기울이기를 원한다는 것도 깨닫게 되었다

　침묵을 관리하는 일은 무엇보다 완전한 침묵 속에서도 하기 어려운 일이었다 침묵을 관리하는 일은 수많은 침묵의 소란을 견뎌 내는 일이었다

침묵이란 무엇인가? 침묵이란 입을 다물고 말을 하지 않는 것이지만, 그러나 침묵도 하나의 말이며, 무언의 의사표시이기도 한 것이다. 말을 하지 않음으로써 더 많은 말을 하는 침묵을 둘러싸고 수많은 억측과 해석과 오해를 낳고 있는 것이 그것이며, 이상한 역설같지만, 침묵의 언어학(사회학)이 또하나의 학문으로 탄생하게 될는지도 모른다. 말과 침묵, 웅변과 침묵은 상호 적대적인 경쟁관계이며, 이 피비린내 나는 투쟁을 통해서 말의 역사가 움직여 나가고 있는 것이라고 할 수가 있다. 말을 하지 않음으로써 더 많은 말을 하는 침묵, 따라서 웅변보다는 이 침묵을 통해서 그 어떤 난제와 고통도 해결할 수 있는 최고급의 사상과 이론을 정립하고, 수많은 성자와 학자들, 즉, 전인류의 스승들이 탄생했다고 해도 지나친 말이 아니다.

너무나도 피곤하고 지쳐서 침묵하는 말, 수많은 잔

소리와 넋두리와 쓸데없는 잡담들에 끼어들기 싫어서 침묵하는 말, 자기 자신과 친구들의 거짓을 은폐하고 처벌을 모면하기 위해서 침묵하는 말, 조직폭력배와 독재정권의 강요에 의해서 입을 다물 수밖에 없었던 침묵의 말, 불의에 항거를 하고 정의를 수호하기 위하여 투표를 하지 않고 침묵하는 말, 설익은 진리와 가설을 전파하기보다는 사상과 이론을 정립하기 위해 고군분투하는 침묵의 말 등─, 이 세상의 침묵의 유형은 너무나도 많고, 그 어떤 웅변보다도 더 웅변적인 말이라고 할 수가 있다. 침묵은 말이고 생명이며, 침묵은 연극배우이며, 이 세상의 삶과 그 모든 것을 주재하는 신이라고 할 수가 있다.

조용미 시인의 「침묵 사제」는 침묵을 관장하는 사제이며, 침묵의 언어학을 정립하는 시인이라고 할 수가 있다. 시는 말씀언言과 절사寺자로 되어 있으며, 시인은 언어의 사제라고 할 수가 있다. 시인은 침묵을 관장하는 사람이고, 침묵을 세심하게 관리하기 쉽도록 분류해 두는 것이 그의 임무이며, 그는 침묵을 장악하지는 못하더라도 너무나도 손쉽게 관리할 수 있다고 믿고 있었던 것인지도 모른다. 침묵을 분류하고 관리하

며 통제하는 일은 그의 업무 전반에 걸친 일이었지만, 그러나 모든 침묵이 그렇게 간단하게 분류되는 것은 아니어서 "그는 침묵을 맡아 다루는 일에 그토록 심혈을 기울여 생의 후반부를" 온전히 바치지 않으면 안 되었던 것이다.

하지만, 그러나 침묵은 명령할 수도 없고 강제할 수도 없다는 것을 알고 나서부터 그의 사명감은 너무나도 헐거워졌고, 또한, "침묵을 적절히 조정하는 것은 어려운 일이 아니어서 그는 침묵이 점점 더 싫어"졌던 것이다. 침묵을 명령할 수도, 강제할 수도 없다는 것은 침묵을 적절히 관리하고 통제할 수 없다는 것을 뜻하고, 바로 이 지점은 조용미 시인의 역사 철학적인 미성숙과 그 약점을 말해 준다. 따라서 그는 침묵을 규정하고 품목별로 분류하는 데 실패를 할 수밖에 없었고, "모든 침묵에는 무엇보다 그가 좋아하는 통일성이 결여되어 있어" 그 어떤 일도 할 수가 없었던 것이다. 침묵은 말이고 생명이며, 이 침묵은 사나운 비바람이나 넓고 넓은 바다의 물결과도 같다. 침묵의 불합리와 모순은 침묵의 본질 자체이며, 이 침묵을 관리하고 통제하려는 시도 자체가 이미 실패할 수밖에 없었던 난제였던 것

이다. 침묵은 입을 다물기 보다는 귀를 기울이기를 원했고, 침묵은 그 어떤 말보다 더욱더 다양하고 역동적인 웅변이었던 것이다. 침묵을 관리하는 일은 무엇보다도 완전한 침묵 속에서도 하기 어려운 일이었고, 더욱이 침묵을 관리하는 일은 수많은 침묵의 소란, 즉, 수많은 침묵의 말들을 견뎌내는 일이었던 것이다. 더없이 조용하고 다정다감한 침묵, 무언가 못 마땅하고 잔뜩 화가 나 있는 듯한 침묵, 누구를 사무치게 그리워하며 사랑의 말을 나누고 싶어하는 침묵, 학생회장이나 국회의원, 또는 대통령 출마를 준비하고 있는 듯한 침묵, 더 이상 피할 수 없는 싸움과 전투를 선언할 듯한 침묵―. 침묵은 대자연이고, 만물의 터전이며, 우리 인간들의 존재의 원동력이자 생명 자체였던 것이다.

오늘날의 요양원과 요양병원이 과연 인간의 이성과 인문주의의 극치란 말인가? 전인류의 스승인 알렉산더대왕과 나폴레옹황제 같았으면 벌써 인간수명제(인간70)를 실시하고, 이 지구촌을 더욱더 젊고 푸르게 가꾸었을 것이다. 노인만세 세상은 인간멸종의 시대라고 할 수가 있다. 왜, 우리는 이러한 사실 앞에서 모두가

다같이 침묵을 하고 있단 말인가?

미국의 부자들은 옐로우스톤, 요세미티, 그랜드캐니언 등의 사유지를 다 사들이고 그것을 국가에 기부했다고 한다. 이렇게 아름다운 국립공원지역을 개인이 소유해서는 안 된다는 것이고, 이것이 미국인의 정신인 것이다. 미국의 억만 장자들 중 많은 사람들이 더 많은 세금을 내겠다고 부유세를 신설해달라고 시위를 하고, 대부분의 전재산을 사회에 환원하고 죽으며, 수많은 젊은이들—, 즉, 빌 케이츠나 스티브 잡스나 저커버그 등이 세계적인 부자가 될 수 있도록 인도해준다. 미국시민이 기초생활질서를 어기거나 삼성그룹처럼 분식회계를 하거나 우리 학자들처럼 표절을 한다면 그는 이미 사망선고를 받은 것이나 마찬가지이다. 이것이 세계제일의 미국의 정신이고 도덕철학인 것이다.

우리 대한민국의 제일급의 인사들은 대부분이 미국의 명문대 출신의 박사들이지만, 그러나 그들은 미국의 정신이나 미국의 도덕철학에는 모조리 침묵하는 영원한 낙제생들일 뿐이다. 그들은 모두가 한결같이 미국으로 유학 가서 일본식 암기교육의 열광적인 찬양자

가 되어 돌아오고, 늘, 항상 놀고 먹으며, 표절밥과 뇌물밥과 부패밥을 너무나도 좋아하고, 또, 좋아한다.

오오, 대한민국이여! 오오, 대한민국이여!

박은지
녹지 않는 눈

윗집 아이가 마을을 떠났다

발소리를 두고 떠났어
창밖엔 깃털처럼 눈이 내렸다

모두 꿈이라는 건 일리 있었다
어느 정도는 꿈이라고 믿는 편이 괜찮을지도 모르
니까

주인을 잃은 발소리는
시끄럽고도 보드라웠다
무어라 말하는 것 같기도 했지만
마을의 모든 귀를 모아도 알아들을 수는 없었다

책을 뒤적이거나 스노우볼을 들여다보며

소리 없는 걸음의 행방을 그려보기도 했다
그러나 알고 있었어
한 계절 내내 꿈의 기록을 뒤져도
우리는 소리 없는 걸음의 행방을 짐작할 수 없었다

발소리는 폭설처럼 쏟아지고
아프면서도 차가운 그 발소리를
밤이 전부 지나가도록 받아 적었다
또 다른 발소리가 다가온다
꿈의 기록은 끝도 없이 이어지고

온통 하얀 창밖으로 작은 발자국이 무성하다
다시 내리는 눈

박은지 시인의 「녹지 않는 눈」은 마을을 떠나간 윗집 아이의 행방을 추적하고 있는 시이며, 그 아이에 대한 사랑이 「녹지 않는 눈」으로 남아 있는 시라고 할 수가 있다. 윗집 아이는 마을을 떠났지만 발소리를 남겨두고 떠났다고 한다. 발소리는 몸의 움직임과 관련이 있고, 몸이 움직이지 않거나 시야에서 사라지면, 더 이상의 그의 발소리는 들리지 않게 된다. 윗집 아이가 마을을 떠났으면 그 아이의 발소리도 사라져간 것이지, 윗집 아이의 발소리가 남아 있을 리가 없는 것이다. 왜, 무엇 때문에, 박은지 시인은 윗집 아이가 마을을 떠나며 발소리를 남겨두고 떠났다고 말하고 있는 것일까? "발소리는 폭설처럼 쏟아지고/ 아프면서도 차가운 그 발소리를/ 밤이 전부 지나가도록 받아 적었다/ 또 다른 발소리가 다가온다"라는 시구를 읽어보면, 그 아이가 천애의 고아이며 갈 곳이 없다는 뜻으로도 읽히고,

그 불쌍함과 안타까움 때문에 그 아이가 떠나갔어도 내 마음 속에 남아 있는 아이가 되었던 것이다. 윗집 아이는 마을을 떠났지만, 발소리를 남겨두고 떠나갔다. 이 발소리는 눈위에 찍힌 발소리이며, 따라서 창밖에 깃털처럼 내린 눈은 더 이상 녹아서는 안 된다.

모든 것이 꿈이라는 것은 일리가 있고, 어느 정도 꿈이라고 믿는 편이 괜찮을는지도 모른다. 이때의 꿈은 먹고 살 걱정이 없는 꿈이지만, 그러나 천애의 고아인 윗집 아이에게는 이 작고 소박한 꿈이 이루어진다는 것은 밤하늘에서의 별따기 보다도 더 어려운 일일 것이다. "주인을 잃은 발소리는/ 시끄럽고도 보드라웠"고, "무어라 말하는 것 같기도 했지만/ 마을의 모든 귀를 모아도 알아들을 수는 없었"던 것이다.

마을을 떠나간 윗집 아이가 남겨두고 간 발소리를 해석한다는 것, 이 불가능한 작업에 매달려 그 아이의 행방을 추적하는 것이 박은지 시인의 「녹지 않는 눈」의 시적 주제라고 할 수가 있다. 따라서 책을 뒤적이거나 윗집아이를 닮은 스노우볼을 들여다보며 그 아이의 행방을 그려보기도 했던 것이다. 하지만, 그러나, 한 계절 내내 윗집 아이의 꿈의 기록을 다 뒤져도 "소리없는

걸음의 행방을 짐작할 수는 없었던" 것이다. 윗집 아이는 다 자라지 못한 아이이고, 자기 스스로 자기 자신의 삶을 꾸려 나가기까지는 더없이 든든한 후원자와 보호자가 필요하다. 이 후원자와 보호자의 역할을 하는 사람들이 부모형제와 스승과 어른들이었지만, 그러나 그 아이는 천애의 고아로서 차마 떨어지지 않는 발걸음을 옮겨갔던 것인지도 모른다. 정든 사람들과 정든 땅을 떠나간다는 것은 그 어떤 보호장치와 안전장치도 없이 타향으로 떠나간다는 것이고, 타향으로 떠나간다는 것은 한평생을 떠돌이—나그네로서 부평초처럼 살아가야 한다는 것을 뜻한다. 이 떨어지지 않는 발걸음과 미지의 세계, 즉, 타향살이에 대한 두려움과 공포 때문에 발소리를 남겨두고 떠나가게 된 것이고, 그 아이에 대한 불쌍함과 안타까움 때문에, 「녹지 않는 눈」을 시적 주제로 상정하게 된 것이다. "발소리는 폭설처럼 쏟아지고/ 아프면서도 차가운 그 발소리를/ 밤이 전부 지나가도록 받아" 적은 것이 그것이고, "또 다른 발소리가 다가온다/ 꿈의 기록은 끝도 없이 이어지고/ 온통 하얀 창밖으로 작은 발자국이 무성하다/ 다시 내리는 눈"이라는 시구 그것이다. 따라서 눈은 녹지 않아야 하

고, 그 눈위의 발자국이 있어야 하고, 늘, 항상 윗집 아이의 발소리를 들을 수 있어야 한다. 너무나도 가련하고 불쌍하게 떠나간 윗집 아이를 그러나 내 마음 속에 남아 있는 아이로 더욱더 크게 끌어안은 것이 박은지 시인의「녹지 않는 눈」이라고 할 수가 있는 것이다.

녹지 않는 눈은 윗집 아이의 발자국이며, 이 발자국은 윗집 아이가 남겨두고 떠나간 발소리이다. 참다운 사랑은 몸과 마음이 하나가 되듯이 그 대상과 하나가 되며, 이 시적 일치를 통해 너무나도 아름답고 뛰어난「녹지 않는 눈」을 탄생시킨 것이다. 윗집 아이가 발소리를 남겨두고 떠났다는 충격, 주인을 잃은 발소리는 시끄럽고도 보드라웠지만, 마을의 모든 귀를 다 모아도 알아들을 수가 없었다는 충격, 한겨울 내내 꿈의 기록을 뒤져도 우리는 소리 없는 걸음의 행방을 짐작할 수 없었다는 난감함, 발소리는 폭설처럼 쏟아지고 아프면서도 차가운 그 발소리를 밤이 전부 지나가도록 받아 적으면서도 끝끝내 그 가련하고 불쌍한 윗집 아이의 행방을 알 수 없었다는 탄식에는 그 얼마나 윗집 아이에 대한 따뜻한 마음과 사랑이 들어 있는 것이란 말인

가?「녹지 않는 눈」은 영원한 사랑의 징표이며, 이 세상에서 집도 절도 없이 떠도는 우리 어린아이들의 발자국이자 발소리라고 할 수가 있는 것이다.

사랑은 진실이고, 진실은 녹지 않는 눈이다. 발소리, 발소리가 살아 있는 「녹지 않는 눈」, 집도 절도 없이 떠도는 어린아이들과 시인이 살고 있는 「녹지 않는 눈」, 이 서정시의 기적이 박은지 시인의 언어의 힘인 것이다.

우현순
왼쪽의 깊이

　왼쪽 손목이 이상이 생겼다 나는 오른손잡이 인데 어디 부딪혔나 곰곰이 생각한다 이렇게 왼손을 못 쓰게 되고 보니 오른손잡이가 왼손을 더 쓰고 있었다

　요리할 때 칼을 쥐는 것은 오른손이지만 단단히 잡고 있는 것은 왼손이네 프라이팬이 움직이지 않도록 쥐고 있는 것도 왼손이네 못을 박을 때 쓰러지지 않도록 꼭 쥐고 있는 것도 왼손이네 책을 읽는다 책을 받치고 있는 것도 왼손이네

　왼쪽으로 산다는 것
　아무 때나 갖다 써도 되는
　그런 왼손 같은 존재라고
　여기던 당신에게
　오른손이 묻고 싶어지는
　어느 날, 오후

중심이란 중요하고 기본이 되는 부분을 말하고, 균형이란 어느 한쪽으로 기울거나 치우치지 않은 상태를 말한다. 중심을 잡는다는 것은 균형을 잡는다는 것이고, 균형을 잡는다는 것은 중심을 잡는다는 것이다. 인간이나 동물이나 사물들마저도 중심을 잡는 것이 가장 중요하고, 사상이나 이념은 물론 어떤 단체, 또는 국가마저도 중심을 잡는 것이 가장 중요하다. 중심을 잡는다는 것, 또는 균형을 잡는다는 것은 자기 자신의 존재의 정당성을 확보하고, 이 존재의 정당성을 통하여 공격과 방어의 생존전략을 구사할 수가 있는 것이다. K.O펀치의 소유자도 다리가 풀리면 어떤 힘도 쓸 수가 없고, 홈런 타자도 손목에 이상이 생기면 어떤 힘도 쓸 수가 없다. 제아무리 사상과 이론을 정립한 세계적인 석학이라도 그 행동이 어떤 방향으로 치우치면 존경받을 수가 없고, 이 세상에서 가장 큰 부자라고 할

지라도 타인들과 이웃들에 대한 배려가 부족하면 존경받을 수가 없다.

이 세상에서 가장 중요한 것은 중심(균형)이며, 모든 행복은 이 중심의 미학에 달려 있다고 해도 과언이 아니다. 상하의 중심, 좌우의 중심, 진위의 중심, 선과 악의 중심, 남과 여의 중심, 어른과 아이 사이에서의 중심, 수입과 지출 사이에서의 중심, 적과 적들 사이에서의 중심―, 즉, 이 '중심(균형)의 미학'이 무너지면 그의 중심축이 무너지는 것이고, 이 세상의 삶이 끝장이 나게 되어 있는 것이다. 중심의 미학은 이 세상의 삶의 아름다움과 추함 사이에 존재하며, 이 줄타기와도 같은 삶이 이 세상의 온몸으로서의 예술인 것이다.

우현순 시인의 「왼쪽의 깊이」는 왼쪽 손목을 다치고 나서 그저 별 볼 일 없는 존재같았던 왼손의 소중함에 대한 깊은 성찰의 시라고 할 수가 있다. 도둑을 맞아봐야 그 물건이 얼마나 소중한 것이었던가를 알 수 있는 것처럼, 왼쪽 손목을 못 쓰게 되자 왼손이 단순한 조연배우가 아니라 주연배우라는 것을 알게 된 것이다. 우주가 둥글듯이 이 세상에는 중심과 주변도 없고, 주연과 조연도 없다. 양지와 음지도 없고, 앞과 뒤도 없

다. 자연의 법칙 앞에서는 만물이 평등하고, 이 평등함에 의해서 종의 균형이 유지된다. 나는 오른손잡이인데 어쩌다가 왼손을 못 쓰게 되니 오른손잡이가 왼손을 더 쓰고 있었던 것이다. 요리할 때 칼을 쥐는 것은 오른손이지만, 그 물건을 단단히 잡고 있는 것은 왼손이었다. 프라이팬을 움직이지 않도록 꼭 쥐고 있는 것도 왼손이고, 못을 박을 때 쓰러지지 않도록 못을 꽉 잡고 있는 것도 왼손이고, 책을 읽을 때 책을 받치고 있는 것도 왼손이다. 왼손과 오른손은 폭력적인 서열제도 속에 존재하지 않으며, 서로가 서로를 보완하고 도와주는 대등한 관계였던 것이다. 왼손이 없으면 오른손이 존재할 수가 없고, 오른손이 없으면 왼손이 존재할 수가 없다. 조연배우가 없으면 주연배우가 존재할 수 없고, 주연배우가 없으면 조연배우가 존재할 수 없다.

하지만, 그러나 일종의 착시현상이자 선입견처럼, 그 모든 관계를 폭력적인 서열관계로 생각하고, 상하와 좌우와 진위와 선악의 관계를 결정해왔던 것이다. 가령, 선이 좋은 것이고 합리적이라면, 악은 나쁜 것이고 비합리적이라는 이분법적인 논리와, 나는 지배자이며 너는 복종해야 한다는 상하의 서열관계가 그것이

다. 어제의 선은 내일의 악이 되고, 오늘의 악은 내일의 선이 된다. 어제의 지배자는 오늘의 복종자가 되고, 오늘의 복종자는 내일의 지배자가 된다. 이 자연의 법칙, 또는 이 순환의 법칙을 무시한 채, 우리는 그 한순간의 지위에 빠져서, 타인들의 존재의 정당성을 유린하고 착취해왔던 것이다.

이 세상의 모든 남편들이여, 그대의 아내는 그대의 노예가 아니라 그대를 존재하게 하는 중심축인 것이다.

이 세상의 모든 아내들이여, 그대의 남편은 그대의 노예가 아니라 그대를 존재하게 하는 중심축인 것이다.

나도 아무 때나 가져다가 써도 되는 그런 왼손같은 존재가 아니고, 당신도 아무 때나 가져다가 써도 되는 그런 존재가 아니다.

우리는 모두가 다같이 서로가 서로에게 소중한 중심축인 것이다.

조성례

괴산 장날 어물전에서 읽는 간 고등어의 순애보

저 자세는 너무 선정적이다
간 고등어 한 쌍이 뒤에서 뒤쪽을 깊이 끌어안고
잠이 들었다
아직도 몸에는 바다의 문양을 그려놓은 채
질펀하게 따라 온 고향 꿈을 꾸는가보다

잠든 등 뒤에서 푸른 파도가 넘실거린다
여전히 등을 뒤덮는 파도소리에
와자한 사람들의 흥정소리
다른 고기들의 목이 잘려나가는 칼질소리도 들리지
않는지

수만리 타향으로 강제이주 당하면서도
물살을 가르던 정분을 잊지 못해
가슴에 품고

혹한 속에서 더더욱 몸을 밀착시킨다

싱싱합니다 싱싱해 상인의 말을 꿈속으로 끌어당기며

일부종사一夫從事와 여필종부女必從夫라는 말은 여성을 억압하고 어떤 경우에도 남편에게 복종하라는 유교적인 관습이었지만, 그러나 오늘날에는 이 말들처럼 시대착오적이고 공허한 말도 없을 것이다. 가장 어렵고 힘든 일은 아직도 남성들이 다 맡아하지만, 그 과실 앞에서는 남녀가 평등하고, 여성들은 그 어떤 책임도 지려고 하지를 않는다. 권리만 있고 책임은 없는 여성들의 사회적 위세 앞에서 모든 남성들은 고개를 숙일 수밖에 없다.

"결혼을 할 때는 걸어서 가고, 이혼을 할 때는 뛰어서 가라"라는 유대인들의 속담이 있다. 결혼은 몸과 마음이 하나가 되는 일이기 때문에 신중하게 생각하고, 또, 생각해야 하지만, 이혼은 백년가약이 깨어지는 것이기 때문에 하루라도 더 빨리 결정하는 것이 서로간에 덜 싸우고, 덜 상처를 입게 되는 것이다. 오늘날은

이혼의 시대이며, 어쩌면 이혼을 전제로 결혼을 하고 있는 것인지도 모른다. 결혼을 하기 전부터 아내와 남편이 각자의 재산을 나누어 관리하며, 심지어는 땅과 부동산과 주식마저도 공동명의로 관리한다. 너무나도 쉽고 흔하게 이혼이라는 탈출구가 있기 때문에 10년, 20년, 또는 30년의 연상연하의 커플이 탄생하게 되고, 심지어는 유명 연예인들이 자유분방한 연애와 혼전 섹스를 무용담처럼 떠들어대고 다닌다. 재산분할과 이혼의 귀책사유, 그리고 위자료 청구와 합의이혼이나 이혼소송을 전담하는 변호사들이 늘어나고 있고, 이것이 오늘날의 '이혼의 시대'를 증명해주고 있는 것이다.

결혼은 필수가 아니라 선택이고, 남녀의 성교는 생산이 아닌 오락이다. 결혼은 이혼을 위한 과정이고, 이러한 이혼의 시대를 이해하지 못하는 사람들은 시대착오적인 꼰대(늙은이)들 뿐인 것이다. 아무튼, 어쨌든, 오늘날은 이혼의 시대이고, 조성례 시인의「괴산 장날 어물전에서 읽는 간 고등어의 순애보」는 그 옛날의 흑백 영화처럼 청순가련하고 낡디 낡은 순애보라고 할 수가 있다. 순애보는 몸과 마음이 하나가 되는 것은 물론, 죽음까지도 함께 하는 사랑이며, 사랑하는 아들 딸들

을 통해서 '인간이라는 종의 역사'를 새롭게 쓰는 사랑이라고 할 수가 있다. 열 번, 백번 다시 태어나도 당신만을 사랑하겠다는 순애보, 당신을 위해 살고 당신의 행복을 위해서라면 자기 자신의 목숨까지도 기꺼이 바치겠다는 순애보, 당신이 없는 이 세상은 아무런 의미도 없다고 저승까지 따라가는 순애보─. 이 순애보의 사랑이 '간 고등어의 사랑'이며, 이 사랑은 타인들의 시선이나 편견 따위는 생각조차도 하지 않는다.

모든 사랑은 선악을 초월해 있고, 모든 사랑의 주체자들은 수치심이 없다. "저 자세는 너무 선정적이다"라는 것은 시인, 또는 타인들의 생각이고, 그들은 마치, 변태성욕처럼 "뒤에서 뒤쪽을 깊이 끌어안고" 너무나도 깊이 깊이 잠들어 있었던 것이다. "아직도 몸에는 바다의 문양을 그려놓은 채/ 질퍽하게 따라 온 고향의 꿈" 꾸고, "잠든 등 뒤에서는 푸른 파도가 넘실거린다/ 여전히 등을 뒤덮는 파도소리"는 '간 고등어 한 쌍'의 섹스의 절정, 즉, 황홀함의 강도를 말하고, 바로 그렇기 때문에, "왁자한 사람들의 흥정소리"와 "다른 고기들의 목이 잘려나가는 칼질소리도" 듣지 못한다. 이 섹스의 절정, 이 황홀함의 강도가 있기 때문에, "수만

리 타향으로 강제이주 당하면서도/ 물살을 가르던 정분을 잊지 못해/ 가슴에 품고/ 혹한 속에서 더더욱 몸을 밀착시킨다."

연어의 회귀, 수구초심―.

이혼의 시대는 순수한 사랑을 상실한 시대이며, 그 모든 것을 자기 자신의 이익과 경제학의 가치로만 따지는 시대를 말한다.

고향은 영원한 이상낙원이며, 모든 생명들의 성소이다. 서로가 서로를 믿고 사랑하며, 비록, 이역만리를 떠돌게 될지라도 죽음 속에서도 혹한을 녹이는 순애보가 '괴산 장날 어물전'에 있었던 것이다.

이 순애보마저도 장삿꾼들의 상품이 되는 이혼의 시대에서는 섹스는 놀이가 되고, 결혼은 이혼소송으로 귀착된다. 순애보는 낡디 낡은 꼰대들의 장식품이 되고, 더 이상의 지구는 인간을 품어 기르지 못한다.

함민복 이정옥

이서빈 최서림

정현우 김선옥

채의정 박분필

이경숙 김인숙

이순희 진순희

오현정 박성우

함민복
시인 2

암자에서 종이 운다

종소리가 멀리 울려 퍼지는 것은
종이 속으로 울기 때문이라네
외부의 충격에 겉으로 맞서는 소리라면
그것은 종소기가 아닌 쇳소리일 뿐

종은 문득 가슴으로 깨어나
내부로 향하는 소리로 가슴 소리를 내고
그 소리로 다시 가슴을 쳐 울음을 낸다네

그렇게 종이 울면
큰 산도
따라 울어
큰 산도

종이 되어주어

종소리는 멀리 퍼져 나아간다네

* 쇳소리 : 종소리.

📖

　시는 사상의 꽃이고, 사상은 시의 열매이다. 씨앗(사상)을 뿌리면 사상의 꽃(시)이 피어나지만, 그러나 이 사상의 꽃이 피어나기까지는 오랜 시간이 걸린다. 시인의 언어가 발아하여 싹이 나오기까지도 오랜 시간이 걸리고, 이 언어의 싹이 줄기와 가지를 뻗어 꽃을 피우기까지도 오랜 시간이 걸린다. 비바람이 불고 때로는 느닷없이 꽃샘추위도 찾아오고, 수많은 병충해와도 싸우지 않으면 안 된다. 산다는 것은 고통의 지옥훈련과정이고, 이 고통의 지옥훈련과정이 없으면 그 모든 과업은 도로아미타불의 헛수고에 지나지 않게 된다.

　만국의 노동자여 단결하라고 역설했던 마르크스, 나는 너희에게 초인을 가르친다라고 역설했던 니체, 새들도 세상을 뜨는구나라고 역설했던 황지우, 모두들 병들었는데 아무도 아프지 않았다라고 역설했던 이성복, 모든 것은 마음이 지어낸 것이다라고 역설했던 부

처 등의 잠언과 경구 속에는 동시대의 역사 철학적인 성찰과 그 내적 투쟁의 역사가 담겨 있는 것이고, 이 것이 만인들의 심금을 울리고 있는 것이다. 대부분의 사람들은 고통을 싫어하고 쾌락을 추구하지만, 그러 나 부처는 고통을 긍정하며 그 무사무욕한 마음으로 이 세상의 삶을 향유했던 것이다. 행복과 불행은 인간 의 마음이 지어낸 것이며, 고통을 긍정하고 고통과 함 께 살면 그것이 곧 행복인 것이다. 이처럼 모든 시는 잠언과 경구로 나타나고, 이 잠언과 경구는 언어의 절 제와 함께 구체적인 삶의 현실과 체험이 녹아 있지 않 으면 안 된다.

시를 쓰는 것은 "암자에서 종이" 우는 것과도 같다. "종소리가 멀리 울려 퍼지는 것은/ 종이 속으로 울기 때문"인데, 왜냐하면 "외부의 충격에 겉으로 맞서는 소 리라면/ 그것은 종소리가 아닌 쇳소리일 뿐"이기 때문 이다. 그 옛날에 식민지배를 당했다고 울고 불고 악을 쓸 것이 아니라, 일본보다도 열배, 백배 더 잘 사는 것 이 종소리를 울리는 것이고, 일제의 유산인 주입식 암 기교육이 아닌 독서중심글쓰기 교육으로 전인류의 스 승들을 배출해내는 것이 일본인들 스스로, 자발적으로

우리 한국인들을 존경하게 만드는 것이다. 시는 인간의 사상과 감정을 표현하는 것이지만, 그러나 날것 그대로의 외침이 아니라, 만인의 심금을 울릴 수 있는 지혜와 그 향기가 있지 않으면 안 된다. 만인의 심금을 울릴 수 있는 지혜와 향기는 수많은 비유법과 수사법, 수많은 상징과 은유로 나타나지 않으면 그것은 종소리가 아닌 쇳소리에 지나지 않게 된다.

시는 "문득 가슴으로 깨어나/ 내부로 향하는 소리로 가슴 소리를 내고/ 그 소리로 다시 가슴을 쳐 울음" 소리를 내는 것이다. 시가 울면 너도 나도 따라 울고, 태평양 건너, 대서양 건너, 인도양 건너, 모든 사람들이 따라 울며, 모두가 다같이 이 세상에서 가장 아름답고 황홀한 시의 세계에 살게 되는 것이다.

이정옥
어찌 흥정하랴
　— 바람 햇살의 판화

고등어를 싸고 있는 신문 모서리에서 여인의 뒷모
습을 보았다
엉덩이 펑퍼짐한 여인이 세월을 냅다 내려치고 있다

소금에 간들이고 뒤척였을 시간이
간간히 고등어 등줄기에 무늬로
파도를 업었는지도 모를 일
5월 어느 비요일 하얀 백합다발이 오셨다
바다가 파도를 토해 찍어 놓은 판화

생생하게 피어나는 파노라마 어찌 흥정하겠는가

박수근의 빨래터는 값이 있다지만
나무 사이로 걸어 다니는 바람 손에 잡히지 않는 햇
살

봄 여름 가을 겨울 내력을 지니고 있는 판화
어찌 값으로 흥정한단 말인가

한국전쟁이 끝난 직후, 물감도 없고 캔버스도 없었던 한 무명 화가가 평소 잘 알고 지내던 미군 병사에게 일본에 갈 때마다 물감과 캔버스를 사다 달라고 부탁을 했다고 한다. 무명 화가의 사정을 딱하게 여긴 미군 병사는 휴가로 일본에 갈 때마다 캔버스와 물감을 자기 돈으로 사다가 주었다고 한다. 무명 화가는 미군 병사에게 그 고마움의 표시로 그림 하나를 그려 주었지만, 미군 병사는 그 그림을 받을 때, "무명 화가의 그림이 뭐 대단하겠어"라고 생각하고, 미국으로 돌아가 그냥 창고에 방치해 놓고 있었다고 한다.

　어느 덧 오랜 세월이 지나고 미군 병사는 나이가 들고 몹시 어렵고 힘들게 살고 있었다고 한다. 따라서 그는 그 무명 화가의 이름이 언론에 오르내리는 것을 알고 그 무명 화가의 그림을 한국 시장에 내놓았다고 한다. 이 그림이 박수근의 명작, 「빨래터」였고, 존 릭스

라는 미군 병사는 무려 45억 2천만원이라는 거금을 손에 쥐게 되었다고 한다(다음넷 블로그에서). 화가의 이름이 무명이면 그의 그림은 휴지조각이 되고, 화가의 이름이 유명하면 그의 그림은 명화가 아닌 금화가 된다.

유명도, 무명도 인위적인 것의 산물이고, 명화도, 악화도 인위적인 것의 산물이다. 모든 인위적인 것은 자연에 반하며, 거기에는 지배와 복종이라는 권력관계가 작용을 하게 된다. 유명하다는 것은 대다수의 무명 인사들을 거느리고 그 위에 군림하게 되었다는 것을 뜻하고, 명화라는 것은 그 유명 화가의 승리와 성공의 보증수표라는 것을 뜻한다. 이름이 없는 사람은 서럽고, 먹고 살기가 힘들어 지고, 이름이 있는 사람은 모든 일들이 즐겁고 기쁘고, 산해진미의 성찬을 즐길 수가 있다.

소위 출세와 성공, 즉, 무명 화가의 시절의 박수근과 유명 화가 시절의 박수근이 그것을 말해주지만, 자연의 입장에서 바라보면 소위 성공과 출세라는 것은 매우 이상하고 기이한 팔푼이들의 희화처럼 생각되기도 한다. "고등어를 싸고 있는 신문 모서리에서 여인의 뒷모습을 보았다/ 엉덩이 펑퍼짐한 여인이 세월을 냅다 내려치고 있다"의 여인의 모습도 어느 명화 못지 않게

아름답고, 그것은 돈으로 살 수 있는 그림이 아니었다. "소금에 간들이고 뒤척였을 시간이/ 간간히 고등어 등줄기에 무늬로/ 파도를 업었는지도 모를 일/ 5월 어느 비요일 하얀 백합 다발이 오셨다"의 판화도 어느 명화 못지 않게 아름답고, 그것은 돈으로 살 수 있는 그림이 아니었다. 이정옥 시인의 『어찌 흥정하랴—바람 햇살의 판화』는 삶과 예술의 문제 중에서 삶에 방점을 찍고 예술 자체의 삶을 노래한 시라고 할 수가 있다. 예술은 아름다운 삶을 위한 하나의 도구이자 촉진제이며, 예술이 아름답고 멋진 삶 자체를 대신할 수는 없는 것이다. 고등어를 신문지에 싸고 있는 여인의 뒷모습에서 그녀가 소금에 간들이고 뒤척였을 시간을 떠올려 보고, 그 어렵고 힘든 역경주의를 통해서 고등어의 등줄기에 파도를 입히고, 그 파도가 어느 5월의 비요일에 백합다발로 피어났다는 것은 이정옥 시인의 삶의 철학이 피워낸 걸작품이라고 할 수가 있다. "바다가 파도를 토해 찍어 놓은 판화"는 그 여인과 이정옥 시인의 역경주의의 소산이자 결코 실망하거나 좌절하지 않는 삶의 철학의 극치라고 할 수가 있다.

고등어를 신문지에 싸며 세월을 냅다 내려치고 있는

여인, 고등어의 등줄기에 새겨진 파도 문양, 어느 5월 비요일에 하얀 백합다발로 피어난 파도, 바다가 파도를 토해 찍어 놓은 판화, 나무 사이로 걸어다니는 바람, 손에 잡히지 않는 햇살, 봄 여름 가을 겨울 내력을 지고 있는 판화―. 그렇다. 이처럼 아름답고 멋지게 "피어나는 파노라마를" "어찌 값으로 흥정"할 수가 있단 말인가? 자연철학은 삶의 철학이 되고, 삶의 철학은 자연철학이 된다. 돈과 예술은 영원한 적대 관계이며, 모든 예술은 생활에 밑줄을 긋고 예술보다도 더욱 더 아름답고 멋진 삶의 철학이 되지 않으면 안 된다. 자연과 삶도 둘이 아닌 하나이고, 예술과 삶도 둘이 아닌 하나이다.

자연과 삶의 일치, 삶과 예술의 일치, 예술과 자연의 일치―. 이것이 모든 삶과 예술의 목적이자 그 어떤 황금으로도 흥정할 수 없는 이정옥 시인의 '바람 햇살의 판화'이기도 한 것이다.

이 세상의 모든 걸작품은 자연이 창조해낸 것이지, 인간이 창조해낸 것이 아니다. 인간이 시를 쓰고 노래를 부르며 예술에 종사하는 것은 자연과 하나가 되고, 그 자연 자체가 되고 싶은 것이지, 다른 것이 아니다.

자연과 하나가 될 수 없고, 되지 못한 인간이 이상적인 자연을 모방하고 그 모방한 작품을 시장에 내다 팔며, 지배와 복종이라는 권력관계를 연출해낸다. 명화와 악화, 순수예술과 상업예술—, 바로 이 지점에서 자연의 파괴와 인간의 자기 상실이 생겨나게 된 것이다.

자연 자체, 삶 자체가 된 예술은 결코 돈으로 사고 팔수 있는 것이 아니다.

이서빈

개복숭아꽃

어느 생에선가 나는
너를 짝사랑 한 것이 분명하다

심장에서 꺼낸 휘파람으로 너의 집 울타리를 넘어가
불러보다가 혼자 타오르다가
눈썹 하나 까딱않는
너의 집앞을
왔다가 갔다가 서성이다가
문 한 번 두드리지 못하고 돌아와
애먼 개살구꽃잎만 똑똑 따던

너는 알지 못하겠지만
지금도 내 심장은 개복숭아빛이다
잘 쪼개지지 않는 너의 가슴을 못 열어
벌레먹은 심장은 상처가 아물지 않아

매일 심쿵심쿵 주먹질한다

육시랄,
그놈의 짝사랑 언제나 끝날지
아직도 봄마다 눈알을 알알붉붉 찔러대며
심장을 날뛰게 만드는
너는 분명 어느 생에선가
내 젊은 봄날을
붉게 물들였던 짝사랑이였던 게 분명하다

우리 한국어 중에서 '개'라는 말은 그것이 명사이거나 접두사이거나 간에 나쁜 뜻으로 쓰인다고 할 수가 있다. 명사인 '개'는 포유류 갯과의 동물이지만, 성질이 사납고 행실이 못된 사람을 뜻하고, 다른 한편, 최고의 권력자나 나쁜 사람의 앞잡이를 뜻하며, 개백정, 개망나니, 개차반 등이 그것을 말해준다. '개'라는 말이 일부 식물의 앞에 붙을 때는 개살구, 개복숭아, 개당귀, 개두릅 등에서처럼 '야생의', 또는 '질이 떨어지는'의 뜻으로 쓰이기도 하고, '개고생'이라는 말처럼 추상적인 명사 앞에 붙어 '헛된', '쓸데없는'의 뜻으로 쓰이기도 한다. 대부분의 '개'라는 말은 참된 것과는 정반대로 쓰이며, 그것은 사물의 본질이나 도덕과 정의를 나타내기 보다는 그것을 훼손하고 모든 것을 엉망진창으로 만드는 뜻으로 사용된다. 정의에 살고 정의에 죽는 인간이 개백정, 개망나니, 개차반이 될 수는 없고, 사

물의 참된 본질을 간직하고 널리 이롭게 쓰이는 식물이 개살구, 개복숭아, 개당귀, 개두릅이 될 수는 없으며, 고생 끝의 행복이 찾아오거나 그 어떠한 성공보다도 더욱더 아름다운 실패를 '개고생'이라고 평가할 수는 없는 것이다.

개복숭아는 장미과에 속하는 과수이며, 산간지역에 자생하는 야생의 복숭아를 말하고, 개복숭아의 열매가 익는 시기는 8~9월의 상순으로 황도와 백도와는 달리 크기도 작고 신맛이 강하다고 할 수가 있다. 이 과육이 작고 떫고 신맛이 강한 개복숭아는 대부분의 사람들이 먹지를 않았지만, 그러나 이 개복숭아에 유기산, 알코올류, 팩틴 등의 섬유질이 풍부하고, 다른 한편, 기침과 천식은 물론, 몸속 노폐물과 니코틴 배출에 도움이 되는 것으로 알려져 있기 때문에 오늘날에는 농가의 소득증대에 기여를 하고 있다고 한다.

'참'은 올바르고 도덕적인 선에 맞닿아 있고, '개'는 더럽고 도덕적인 '악'에 맞닿아 있다. 하지만, 그러나 이 '선악의 가치기준표'는 매우 자의적인 것이며, 그것은 특정한 환경과 풍습의 미덕 아래 일면적인 진실만을 가리킨다. 오늘날의 개복숭아와 개당귀의 효능처럼

'개'라는 말이 '참'이라는 말을 발밑으로 깔아뭉개버리고, 도덕적인 선의 고지를 점령할 수도 있고, 최하천민의 주경야독의 개고생이 그 어떤 참된 고생보다도 더 나은 성과로 나타날 수도 있다.

이서빈 시인의 「개복숭아꽃」은 과연 무엇을 지시하며, 그것은 어떠한 의미를 지니고 있는 것일까? 첫 번째는 장미과의 야생의 개복숭아를 뜻하고, 두 번째는 이루어질 수 없는 짝사랑, 즉, 개복숭아를 뜻하며, 마지막으로 세 번째는 "너는 알지 못하겠지만/ 지금도 내 심장은 개복숭아빛이다"라는 시구에서처럼, 그 어떤 참복숭아보다도 더욱더 순수하고 깨끗한 참사랑을 뜻한다. "어느 생에선가 나는" 개복숭아를 짝사랑한 것이고, "심장에서 꺼낸 휘파람으로 너의 집 울타리를 넘어가/ 불러보다가 혼자 타오르다가/ 눈썹 하나 까딱 않는/ 너의 집앞을/ 왔다가 갔다가 서성이다가/ 문 한 번 두드리지 못하고 돌아와/ 애먼 개살구꽃잎만 똑똑 따던" 날들이 있었던 것이다. 짝사랑은 상대가 외면하는 사랑이고 혼자만이 불타는 사랑이며, 그것은 이루어질 수 없는 사랑이다. 심장에서 꺼낸 휘파람으로 너의 집 울타리를 넘어가 불러봐도 눈썹 하나 까딱않

는 사랑, 너의 집을 왔다가 갔다가 서성이다가 문 한 번 두드리지 못하고 애먼 개살구꽃잎만 똑똑 따던 사랑―. 이처럼 짝사랑은 혼자만이 불타는 사랑이며, 미치광이의 사랑이고, 그 어느 것도 얻을 수 없는 사랑에 지나지 않는다.

하지만, 그러나 이서빈 시인은 "육시랄/ 그놈의 짝사랑 언제나 끝날지/ 아직도 봄마다 눈알을 알알붉붉 찔러대며/ 심장을 날뛰게 만드는"이라는 시구에서처럼, 왜, 그렇게 짝사랑을 잊지 못하며, "너는 알지 못하겠지만/ 지금도 내 심장은 개복숭아빛이다"라고 찾아 헤매고 있는 것일까? 아마도 그것은 짝사랑에 대한 그의 집념의 강도 탓이겠지만, 그의 언어는 너무나도 도발적이고 가치전복적이며, 대폭발 직전이라고 할 수가 있다. 개복숭아는 참복숭아와는 다른 나쁜 것이며, '육시랄'은 몸을 여섯 토막으로 자른다는 뜻으로 더욱더 고약하고 몹쓸 사건을 지시하고 있다고 해도 과언이 아니다. 그렇다. 짝사랑은 개복숭아에 대한 사랑이며, 그 언제 끝날지도 모를 "내 젊은 봄날을/ 붉게 물들였던" "육시랄 사랑"이었던 것이다.

이서빈 시인의 「개복숭아꽃」은 그의 짝사랑의 객관

적 상관물이며, 그는 개복숭아를 위해 살고 개복숭아를 위해 죽겠다는 이상적인 신념을 노래하고 있는 것이라고 할 수가 있다. 만일, 그렇다면 그는 자기 자신의 짝사랑을 「개복숭아꽃」으로 표현함으로써 오늘날의 개복숭아의 효능처럼 더욱더 그의 순수하고 깨끗한 사랑을 강조하고 싶었던 것이 아닐까? 그러니까 그의 「개복숭아꽃」은 참사랑의 다른 표현이며, 그의 도발적이고 폭발 직전의 언어는 이루어질 수 없는 짝사랑, 즉, 그 이상적인 사랑에 대한 반어라고 할 수가 있는 것이다. 개복숭아의 '개'는 참복숭아의 그것이 되고, 그의 짝사랑은 더없이 순수하고 이상적인 사랑이 된다. 도화꽃 만발한 봄날, 나는 나의 참사랑을 찾아 나섰던 것이고, 아직도 나는 그 참사랑을 만나지 못한 것이다. 이 참사랑, 즉, 이루어질 수 없는 사랑에 대한 분노가 자기 자신의 사랑을 개복숭아꽃으로 표현한 것이지만, 그러나 개복숭아빛 심장으로 뛰고 있는 내 참사랑은 아직도 봄마다 눈알을 알알붉붉 찔러대며, 온 산천을 더욱더 붉디 붉게 물들이고 있는 것이다.

　이서빈 시인의 「개복숭아꽃」은 짝사랑이 아닌 이상적인 사랑이며, 이루어질 수 없기 때문에 너무나도 고

귀하고 거룩한 참사랑이었던 것이다.

　　이서빈 시인의 시는 대단히 역사 철학적인 사유의 산물이며, 이 역사 철학적인 사유가 그의 열정과 만나 만인의 심금을 울릴 수 있는 꽃으로 피어난 것이다. 꽃은 아름다움의 진수이며, 꽃은 인간의 이성 이전에 인간의 마음을 사로잡으며, 그 정서적 충격을 천리, 만리 울려 퍼지게 만든다. 개복숭아꽃이 참복숭아꽃이 되고, 짝사랑이 이상적인 사랑으로 승화되는 이서빈 시인의 시는 그만큼 그의 최고급의 인식의 제전의 산물이라고 할 수가 있다.

최서림

황장黃腸의 힘

황소의 등뼈를 닮은 백두대간,
백두대간을 떠받치는 것은 황장목이다.
서울 소나무처럼 꼬불꼬불 자라지 않고
쭉쭉 뻗어 올라간 붉은 황장목이다.
황장목이 곧고 힘이 센 것은
속에다 감추고 있는 누런 창자 때문이리라.
누런 창자는 황장목이 키워온 내공이다.
천년을 두고 쌓아 올리고 쟁여둔
비바람소리, 우렛소리, 새소리가 들어있다.
강원도의 아리랑이 눈물과 함께 녹아 들어있다.
살아서 천년, 죽어서 천년을 가는 황장목,
아무데서나 뿌리를 내리지 않는 황장목이
암벽에서도 곧게만 자라게 밀어 올려주고 있다.

'솔아 솔아 푸른 솔아'라는 노래와 '일송정 푸른 솔'의 '선구자'와 '소나무야 소나무야'라는 노래가 있듯이, 우리 한국인들이 가장 좋아하는 나무는 소나무라고 할 수가 있다. 황장목(금강송), 해송(곰솔), 백송, 반송 등, 소나무의 종류도 다양하지만, 이 중에서도 황장목(금강송)이 우리 한국인들의 늠름한 기상과 그 정신을 대표한다고 할 수가 있다. 황장목은 나뭇결이 곱고 나이테 사이의 폭이 좁아 강도가 높고 잘 뒤틀리지 않는다고 한다. 또한, 황장목은 벌레가 잘 먹지 않고 송진이 있기 때문에 습기에도 잘 견디고, 나무의 속이 누런 빛을 띠고 있다고 한다. 대궐을 짓고 사찰을 지을 때에도 황장목을 사용했고, 주요 운송수단이었던 배를 만들거나 관을 짤 때에도 황장목을 사용했으며, 조선 시대에는 이렇게 중요한 소나무를 '황장금표'라는 표식을 세워 보호하고 육성했다고 한다.

황소는 힘의 상징이며, 이 황소의 등뼈를 닮은 백두대간을 떠받치는 것은 황장목이라고 할 수가 있다. 황장목은 서울의 소나무처럼 꼬불꼬불하지 않고 하늘을 찌를 듯이 쭉쭉 뻗어 올라간다. 황장목은 장엄하고 웅장하며, 이처럼 황장목이 곧고 힘이 센 것은 그 속에다가 감추고 있는 누런 창자 때문이라고 할 수가 있다. 창자란 위와 십이지장에서부터 항문까지 이어진 부분을 말하며, 큰창자와 작은 창자로 나누어 부를 수가 있다. 황장목黃腸木이라는 이름은 소나무의 속살이 누런 데에서 비롯된 것이지만, 이 누런 창자에는 황장목이 온몸으로 싸워온 내적인 투쟁의 역사가 담겨 있다고 할 수가 있다. "살아서 천년, 죽어서 천년을 가는 황장목." 이 황장목 속에는 "천년을 두고 쌓아 올리고 쟁여둔/ 비바람소리, 우렛소리, 새소리가 들어"있고, 대한민국을 대표하는 "강원도의 아리랑이 눈물과 함께 녹아 들어있다."

대한민국의 등뼈인 백두대간, 이 백두대간을 떠받치고 있는 황장목, 이 황장목의 기상과 정신에 대한 찬가인 강원도의 아리랑―. 아리랑은 대한민국을 대표하는 민요이며, 정선 아리랑과 진도 아리랑, 밀양 아

리랑이 있고, 이밖에도 춘천 아리랑, 본조 아리랑, 광복군 아리랑 등이 있다고 한다. 아리랑은 본래 노동요의 성격을 갖고 있었으나 직업과 사회와 문화의 공동체 성격을 넘어, 국가와 민족이 위기에 몰려 있을 때, 우리 한국인들의 민심과 국력을 결집시킨 노래라고 할 수가 있다.

아무데서나 뿌리를 내리지 않는 황장목, 백두대간을 떠받치고, 또, 떠받치며 암벽에서도 곧게만 자라게 밀어 올려주는 황장목—.

황장목은 모든 고통들의 맏형님이며, 이 고통들을 거느리고 오늘도, 내일도 영원불멸의 삶을 살아간다.

솔아, 솔아, 푸른 솔아!

소나무야, 소나무야!

정현우
사랑의 뒷면

참외를 먹다 벌레 먹은
안쪽을 물었습니다.
이런 슬픔은 배우고 싶지 않습니다.
뒤돌아선 그 사람을 불러 세워
함께 뱉어내자고 말했는데
아직 남겨진 참외를 바라보다가
참회라는 말을 꿀꺽 삼키다가
내게 뒷모습을 보여주는 것
먼 사람의 뒷모습은
눈을 자꾸만 감게 하는지
나를 완벽히 도려내는지
사랑에도 뒷면이 있다면
뒷문을 열고 들어가 묻고 싶었습니다.
단맛이 났던 여름이 끝나고
익을수록 속이 빈 그것이

입가에서 끈적일 때
사랑이라 믿어도 되냐고
나는 참외 한입을
꽉 베어 물었습니다.

정현우 시인의 「사랑의 뒷면」은 어딘가 세련되지 못하고 미숙한 문장으로 되어 있으며, 매우 설익고 낯설은 단어가 튀어나오며, 겨우, 간신히 「사랑의 뒷면」을 완성해낸다. "참외를 먹다 벌레 먹은/ 안쪽을" 물었다면, 그것은 매우 작고 불쾌한 일일 수도 있을 것이지만, 그러나 그것을 너무나도 과장하여 "이런 슬픔은 배우고 싶지 않습니다"라고 말하고 있는 것이 바로 그것이라고 할 수가 있는 것이다.

　만일, 우리의 사랑이 벌레 먹은 참외를 베어 물은 것에 지나지 않았다면 그것은 대단한 사건이고 슬픈 일이 아닐 수가 없을 것이다. 사랑은 "단맛이 났던 여름이 끝나고" 어느덧 벌레 먹은 참외가 되었던 것이다. 그 잘못의 원인을 따져보면 참외가 아닌 참회라는 말이 떠오르고, 이 참회라는 말은 내 사랑의 뒷모습을 보여주는 것에 지나지 않는다. "뒤돌아선 그 사람을 불러

세워" 모든 것은 공동의 책임이라고 말하고 싶었지만, 그러나 그 사랑의 책임은 전적으로 나에게 있다는 것이 '참회'라는 말의 진정한 의미일 것이다.

정지우 시인의 「사랑의 뒷면」은 참회의 시이며, 이 참회를 통해 「사랑의 뒷면」을 더욱더 아름답게 승화시킨 시라고 할 수가 있다. 나는 '당신과 나의 사랑'을 파먹은 벌레이며, 따라서 뒤돌아선 당신을 생각할 때마다 자꾸만 눈을 감고 나 자신만을 도려내게 된다.

두 사람의 남녀가 만나 진정한 사랑을 나누지 못했다면 어찌 아름답고 영원한 사랑으로 승화될 수가 있을 것이란 말인가? 사랑은 나눔이고 베풂이며 자기 희생이지만, "단맛이 났던 여름이 끝나고/ 익을수록 속이 빈" 사랑은 나의 이기적인 욕망의 소산일 뿐이었던 것이다. 사랑은 그리하여 기쁨이 아닌 슬픔이 되었고, 때늦은 후회와 참회는 고름 낀 상처를 덧나게 할 뿐이었던 것이다.

사랑은 진실, 즉, 그 어떤 깊이와 높이와 넓이도 얻지 못했고, 이것을 "사랑이라 믿어도 되냐고" 벌레 먹은 "참외 한 입을" 깨물었던 것이다. 「사랑의 뒷면」은 크나큰 슬픔이 되고, 이 슬픔의 강물에 떠밀려 너와 나의 사랑은 더욱더 멀어져만 간다.

김선옥
하늘을 품은 저수지

경천대 저수지가 하늘을 품었다
벌건 대낮에 한 몸이 되다니

저들 입속에서 부풀었다 터지는 말들은
귓속말 같아서 알아들을 수가 없다
수천 개의 말들이 크고 작은 물방울로
입술에서 달싹거린다

태양이 직선으로 꽂힌 낮 한 시
공중을 버린 청둥오리는 수면 위에 길을 낸다
부리에 낚인 비린내가
허공을 퍼덕인다

저수지가 품은 것이 어디 하늘뿐인가?
가슴이 있는 것들은 다 품는다

마음 깊은 곳엔

가로지른 하늘길을

반쪽이 되어 날아가는 새의 얼굴이 있다

뜨겁게 달아오른 몸을 서서히 푸는 저녁이다

등 떠밀고

근육질 단단한 어둠 속에

밤별을 품은 저수지가

아직 몸은 식지 않았다

사람이 하늘이라는 말도 있지만, 이 말을 다르게 적용하면 경천대 저수지를 하늘이라고 부를 수도 있을 것이다. 경천대 저수지는 하늘을 흠모했고, 하늘은 경천대 저수지를 흠모했다. 경천대 저수지는 남자가 되었고, 하늘은 여자가 되었다. 경천대 저수지와 하늘이 벌건 대낮에 한 몸이 되어 사랑의 밀어를 속삭였지만, 그들의 "입속에서 부풀었다 터지는 말들은/ 귓속말 같아서 알아들을 수가" 없었다. "수천 개의 말들이 크고 작은 물방울로/ 입술에서 달싹"거리고, "태양이 직선으로 꽂힌 낮 한 시/ 공중을 버린 청둥오리는 수면 위에 길을" 내고, "부리에 낚인 비린내가/ 허공을 퍼덕"였다.

　"저수지가 품은 것이 어디 하늘뿐인가?" 저수지는 하늘을 품었고, 가슴이 있는 것들은 다 품었다. 한낮의 태양도 품었고, 공중을 버린 청둥오리도 품었다. 하

늘길을 반쪽이 되어 날아가는 새의 얼굴도 품었고, 근육질의 단단한 어둠 속에서 밤하늘의 별들도 품었다.

경천대 저수지는 너무나도 아름답고, 모든 것을 다 사랑으로 품는다. 아름다움은 우주이고, 이 우주 앞에서 모든 것은 다 하나가 된다. 풋열매는 떫고 독이 있지만, 무르익은 열매는 너무나도 달콤하고 맛이 있다. 이 달콤한 맛이 사랑이고, 이 무르익은 사랑이 종의 번영과 행복을 약속한다.

만물일여萬物一如—. 경천대 저수지는 하늘을 품은 저수지이며, 이 세상을 다 품은 우주라고 할 수가 있다.

정치인이나 학자의 길을 무보수 명예직의 길이며, 우리 한국인들이 이 길을 걸어갔다면 삼천리 금수강산은 지상낙원이 되었을 것이다. 주택난도, 수도권 집중문제도, 저출산과 고령화 문제도, 주입식 암기교육의 폐해와 사교육비 문제도 다 해결하고, 이미 벌써 남북통일도 이룩했을 것이다.

앎은 실천이고, 실천은 사랑이고, 사랑은 살신성인의 희생정신이다.

전인류의 스승들은 시야가 넓고, 그 모든 난제들을 다 해결해낸다.

함민복
딱딱하게 발기만 하는 문명에게

거대한 반죽 뺄은 큰 말씀이다
쉽게 만든 것은
아무것도 없다는
물컹물컹한 말씀이다
수천 수만 년 밤낮으로
조금 한 물 두 물 사리 한 개끼 대 개끼
소금물 개고 또 개는
무엇을 만드는 법을 보여주는 게 아니라
함부로 만들지 않는 법을 펼쳐 보여주는
물컹물컹 깊은 말씀이다

인간은 모방하기를 좋아한다라고 모방이론을 역설했던 아리스토텔레스가 자연철학자였다면 세계는 창조적 자아(절대정신)의 창작품이라고 역설했던 헤겔은 '인간의 철학'을 주창했던 철학자라고 할 수가 있다. 아리스토텔레스가 자연 속에서 자연과 조화를 이루며 살기를 원했다면 헤겔은 자연을 정복하고 자연을 인간화시켜 문명과 문화 속에서 살기를 원했던 것이다. 인간이 자연의 창작품일까, 자연이 인간의 창작품일까? 자연과 인간, 인간과 자연은 적대적 대립관계도 아니며, 인간이 자연을 정복할 수 있는 것도 아니다. 자연의 옷자락을 넓고 크며, 인간은 다만 자연의 창작품에 지나지 않는다.

　　하지만, 그러나 자연의 재앙과 싸우며 자연을 정복했다는 헛된 망상으로, 자연이 인간의 창작품에 지나지 않는다는 오만방자함이 오늘날의 지구촌의 위기를

초래했고, 역사의 종말로 이어지고 있다고 해도 과언이 아니다. 인간의 뜻과 마음대로 자연은 파괴되었고, 인간이라는 종의 폭발적인 증가는 수많은 종들의 소멸과 개체수의 감소로 이어지고 있는 것이다. 지난 20세기 초에 20억 명에 불과했던 인간이 단 100년만에 75억 이상으로 불어났고, 이 인간들의 육식을 위해 수억 마리의 소들이 전인류가 다 먹고도 남을 만큼의 식량을 다 먹어 치우며 사육되고 있는 것이다. 지구촌의 환경은 더 이상 어쩔 수 없을 만큼 오염되었고, 지구는 점점 더 뜨거워지며, 그 어떤 생명체도 살 수 없는 아귀지옥으로 변해가고 있는 것이다. 에너지의 과다 사용이 불의 벼락의 진원지가 되고, 이 불의 벼락이 모든 빙산을 다 녹이며 물의 벼락의 진원지가 된다. 불도 에너지이고, 물도 에너지이며, 이 불의 벼락과 물의 벼락에 의해서 최후의 심판의 날이 다가오고 있다고 해도 과언이 아니다.

함민복 시인의 「딱딱하게 발기하는 문명에게」는 오직 더 많은 이익을 위해 대량생산과 대량소비를 중심축으로 하고 있는 인간에게 최후의 통첩과도 같은 경고라고 할 수가 있다. "거대한 반죽 뻘은 큰 말씀"이

고, "쉽게 만든 것은/ 아무것도 없다는/ 물컹물컹한 말씀이다." "수천 수만 년 밤낮으로/ 조금 한 물 두 물 사리 한 개끼 대 개끼/ 소금물 개고 또 개는/ 무엇을 만드는 법을 보여주는 게 아니라/ 함부로 만들지 않는 법을 펼쳐 보여주는/ 물컹물컹한 깊은 말씀"인 것이다.

뻘(갯벌)은 밀물 때는 잠기고 썰물 때는 물밖으로 드러나는 점토질의 땅을 말하며, 펄 갯벌, 혼성 갯벌, 모래 갯벌 등으로 이루어져 있다. 사리는 조수의 차가 가장 큰 때이고, 조금은 조수의 차가 가장 작은 때이다. 수천 수만 년 밤낮으로 자연이 만드는 반죽 뻘은 대자연의 보고이며, 이 갯벌에 의하여 다양한 생명체들이 살아가며 그 종들의 행복과 종들의 역사를 이루어 나간다. "쉽게 만든 것은/ 아무것도 없다는/ 물컹물컹한 말씀", "무엇을 만드는 법을 보여주는 게 아니라/ 함부로 만들지 않는 법을 펼쳐 보여주는/ 물컹물컹한 깊은 말씀." 그러나 돈이 궁극적인 목적이 되고 탐욕이 최고의 미덕이 되는 현대문명인들이 이 함민복 시인의 경고를 받아들일 수 있는 것일까? 참으로 가소롭고 어림 반 푼어치도 없는 소리에 지나지 않는다. 인간의 철학을 포기하고 자연의 철학을 받아들이느니 죽는 것이 더 나을

것이고, 우리 인간들은 물론, 모든 생명체가 공멸한다고 하더라도 이 돈과 탐욕을 포기할 수는 없는 것이다.

자동차 20년 타기, 스마트폰 10년 쓰기, TV, 냉장고, 세탁기, 에어콘 등 덜 사용하고, 더 이상의 자연과학을 발전시키지 않기, 인간수명제(인생 70)를 실시하여 반생물학적 장수의 꿈을 파기하기―. 이러한 사실들과 문제들은 다른 종의 번영과 자연환경을 생각하면 가장 손쉽고 재빠르게 실천할 수도 있을 것이다.

자연은 모든 생명체들을 다 품어 기를 수도 있고, 자연은 모든 생명체들을 다 죽일 수도 있다. 이 세상이 끝장이 나고, 나의 이웃과 모든 생명체들이 다 죽더라도 자기 자신의 행복만을 포기하지 못하겠다는 우리 인간들의 '돈의 철학'(인간의 철학)은 곧 된서리를 맞게 될 것이다.

불의 벼락과 물의 벼락―, 이 대벼락의 원자폭탄은 모든 생명체들이 소멸되고, 새로운 지구촌의 탄생으로 이어질 것이다.

채의정

신발 속에서 걸어 나오다

해 질 녘 바닷가 모래밭을 걷다 보면
별빛처럼 또렷해진 유년의 조각들이
시위를 벗어난 화살처럼
과녁을 향하는데
아버지 자분자분 걸어 나오신다
아버지 따라가다 만난
바닷가 공업사 벽 패랭이꽃 앞에서
열세 살 아해의 울음소리가
카메라 옵스큐라 속으로 빨려 들어가더니
아버지 검지 손가락 잃은 날
어머니의 한숨 소리에
칠 남매 열 손가락 만지작만지작 하니
아버지 괜찮다며 여름밤 평상 위에 앉아
별자리 찾기로 웃음을 만들고
겨울밤 문풍지 바르르 떠는 소리에

막내딸 일기 읽다 눈물 훔치며

호호 입김으로 따순볼 만들고

웃음 뱉어내던

말수 없는 아버지

걸어 나오는 발자국 위로

산그늘 차곡차곡 내려앉더니

신발 속으로

내가 아버지 걸음 따라 들어간다.

젊은 사람들은 꿈을 먹으며 살아가고, 늙은 사람들은 추억을 먹으며 살아간다. 꿈은 자기 의식의 목적지이자 출발의 근거가 되고, 꿈이 있는 한 젊은 사람들은 불행한 의식을 모른다. 이에 반하여, 추억은 지난날의 삶에 대한 되돌아봄이며, 이 되돌아봄은 더 이상의 꿈이 없는 늙은 사람들의 불행한 의식에 지나지 않는다. 불행한 의식이란 죽어야 할 때가 왔음을 알면서도 이 세상의 삶에 대한 미련이 있는 것을 말하고, 다른 한편, 이 세상의 삶에 대한 미련이 있으면서도 어쩔 수 없이 죽음을 향하여 갈 수밖에 없는 것을 말한다. 삶에 대한 욕망과 죽음에 대한 욕망이 싸우며 자아는 분열되고, 이 분열된 자아는 더 이상 화해할 수 없는 파국을 맞이하게 된다.

대부분의 추억은 너무나도 즐겁고, 기쁘고, 아름답다. 밥굶기를 식은죽 먹듯이 했으면서도 아름답고, 아

버지가 검지 손가락을 읽어버리고 온가족이 눈물에 잠겼어도 아름답고, "겨울밤 문풍지 바르르 떠는 소리에/막내딸 일기 읽다 눈물 훔치던" 아버지의 모습도 아름답다. 대부분의 추억이 이처럼 즐겁고, 기쁘고, 아름다운 것은 죽음의 욕망보다는 삶의 욕망이 더욱더 간절하기 때문이다. 천하를 호령했던 황제보다는 살아 있는 하인이 더 낫고, 오점없는 명예를 위하여 단 하나뿐인 목숨을 바쳤던 성자보다는 이 세상에서 크나큰 욕심없이 하루하루를 살아가는 평민들의 삶이 더 낫다. 제1차, 제2차 세계대전의 와중에도 전체 인구는 늘어났고, 그 어떤 전염병이나 대재앙에도 자살자의 숫자는 그렇게 많지 않았다.

추억은 삶의 미련과 관련이 있고, 이 미련은 이 세상에서의 자기 자신의 역할과 임무가 다 끝났다는 것을 알고 있으면서도 가능하면 더 살고 싶다는 욕망에서 비롯된다. 추억은 모든 것을 미화시키고, 추억의 입김이 닿으면 모든 것이 다 아름다워진다.『바다와 노인』도 아름다워지고,『무기여, 잘 있거라』도 아름다워지고, 모차르트의「레퀴엠」도 아름다워진다.『슬픈 열대』도 아름다워지고, 파블로 피카소의「한국에서의 학살」도 아름다워

지고,『동키호테』도 아름다워진다. 친구도, 원수도 사랑
스럽고, 가난도, 슬픔도 사랑스럽고, 상호간의 이전투
구와 그토록 더럽고 추한 배신과 음모도 아름다워진다.
모든 것이 다 명시이고, 명작이며, 어느 것 하나 전인류
의 마음을 감동시키지 않을 것이 없다.

추억은 아름다움이며, 추억 앞에서는 누구나 다같이
시인이 된다. 그의 말은 진실보다도 더욱더 아름다운
거짓말이 되고, 이 거짓말이 모든 사건과 사고들을 극
적으로 재구성하며, 이 세상에서 이미 사라져간 천사
와 악마들마저도 다 살아 움직이게 한다. 이 세상 그 어
디에도 없는 아버지가 신발 속에서 걸어 나오면, "막내
딸 일기 읽다 눈물 훔치며/ 호호 입김으로 따순 볼" 만
들어 주던 아버지의 신발 속으로 내가 걸어 들어간다.
이처럼 아버지와 딸의 하나됨이 '추억이라는 장'에서
마련되고, 이 추억은 채의정 시인의「신발 속에서 걸어
나온다」의 서정적인 아름다움으로 타오른다.

추억은 만인들의 공통심성에 기초해 있으며, 이 공
통심성을 통하여 자기 자신들의 지난 날의 삶을 미화시
켜 나간다. 이 세상에서 더욱더 오래 살고 싶다는 삶의
욕망과 미련이 그토록 어렵고 힘들었던 지난날의 삶마

저도 미화시키고, 만산홍엽처럼, 서산의 붉디 붉은 노을처럼 타오른다. 추억 앞에서는 개, 개인의 인간은 사라지고, 모든 인간이 단 한 명의 인간이 된다.

이 세상의 삶은 아름답고, 아름다운 것이다.

모든 예술의 기원은 추억이고, 이 추억이 너무나도 뜻밖에 새로운 세대의 미래의 꿈을 생산해낸다.

권력은 짧고, 불행은 영원하다. 형무소로 가야 할까, 자살바위로 가야 할까?

이것이 불량국가의 불량군주의 운명인 것이다.

박분필

낮은 굴뚝

내가 본 그 들판은 시베리아입니다

언제 내려앉을지 모르는 판잣집에서
굴뚝도 아궁이도 없는 식수마저 얼어 터진 곳에서
노부부가 이민자처럼 언어를 소통할 이웃도 없이

절뚝거리며 골목을 뒤져 폐지를 줍습니다
폐지 판, 돈으로 사 온
홍시 두 개로 하루치 식사를 겨우 때웁니다
그것마저도 감사해서 맛있다, 맛있다
아내의 웃는 입과 눈을 바라보는 거무죽죽한 그 얼굴에
여러 종류의 굴뚝이 다 보입니다

어느 사대부의 고택에서 본 담장보다 낮은 굴뚝이

끼니 거른 민초들에게 밥 짓는
연기 냄새를 부끄러워한
사대부들의 마음 씀씀이였다,로 기록된
감정 없는 그 굴뚝도 보입니다

그들이 과연 이 시베리아 벌판을 알기나 할까요
시베리아 쪽으로 불어오는 바람은 항상 살을
깎아대는 지독스런 바람이어서
눈물마저도 고드름으로 매달린다는 것을

시베리아에 또 바글바글 눈이 내려 쌓입니다

누구나 다같이 열심히 일을 하면 부자가 될 것이라는 아담 스미스의 경제학은 그야말로 약육강식의 생존의 장과 폭력적인 서열제도의 장을 간과한 시골 학자의 수준이었다고 할 수가 있다. 자유시장경제는 그야말로 약육강식과 폭력적인 서열제도를 강화시키고, 소수의 강자들이 모든 부를 독점하게 된다. 오늘날 자본주의 사회는 시장경제에 기초를 두고, 국가가 그것을 관리—감독하며 만인평등과 부의 공정한 분배를 목표로 삼고 있다고 할 수가 있다.

　하지만, 그러나, 국가를 경영하고 이끌어 나가는 정치인들과 고급관리들은 근본적으로 부자의 편에 속해 있고, 그들의 민주주의 이념과 복지정책은 눈속임의 사탕발림의 정책에 지나지 않는다. 부자는 더욱더 부자가 되어가고, 가난한 자는 더욱더 가난해지며, 이 양극화의 구조는 좀처럼 해소되지를 않는다. 가난한 자

는 절대 다수인데 반하여 부자들은 아주 극소수이며, 소위 0.1%의 강자들이 전체 재산의 90%를 독점하게 된다. "어느 사대부의" "담장보다 낮은 굴뚝이/ 끼니 거른 민초들에게 밥 짓는/ 연기 냄새를 부끄러워 한/ 사대부들의 마음 씀씀이"였을지라도 그것은 사회적 반란이나 폭등, 또는 좀도둑들의 마음을 진정시키기 위한 기만적인 장치에 지나지 않았던 것이다. 일년에 20조를 벌면 17조를 자선사업에 쓸 수도 있고, 일년에 15조를 벌면 10조를 자선사업에 쓸 수도 있다. 17조를 자선사업에 쓰고도 3조의 수익을 올릴 수 있고, 10조를 자선사업에 쓰고도 5조의 수익을 올릴 수 있다. 3조원이나 5조원이 얼마나 큰돈이냐 하면 그 돈이면 웬만한 대기업을 살 수도 있고, 하루에 몇 억씩을 써도 평생을 쓰고도 남는다. 빌 케이츠, 워런 버핏, 조지 소로스, 저커버그 등의 세계적인 부자들의 행태가 바로 자선사업가의 탈이지만, 그러나 그들이 한번 떴다가 사라지면 수많은 개미들이 다 알거지가 되어버린다. 이 소수의 강자들의 이익을 위하여 가난과 빈곤은 절대로 해소될 수 없는 것이지만, 자선사업가로서의그들의 미덕은 소위 천사의 이미지로서 확대—재생산해

내지 않으면 안 된다.

　너무나도 완벽한 허위와 너무나도 완벽한 범죄의 구조가 자본주의의 근본구조임을 생각해볼 때, 박분필 시인의 「낮은 굴뚝」은 더 이상 어느 누구도 살 수 없는 시베리아의 상징일 뿐이라고 할 수가 있다. 언제 내려앉을지도 모르는 판잣집, 굴뚝도, 아궁이도 없고 식수마저 얼어터진 곳, 언어를 소통할 이웃도 없이 노부부가 폐지를 줏으며 사는 곳, 그 폐지를 판 돈으로 홍시 두 개를 사서 하루치의 식사를 겨우 때우면서도 "그것마저도 감사해서 맛있다, 맛있다"를 연발하는 삶―. 이처럼 가난하고 헐벗은 노부부의 삶을 과연 인간다운 삶이라고 할 수가 있을까? 부모형제도 없고, 이웃도 없다. 꿈도 없고, 내일도 없다. 연탄도 없고, 쌀도 없다. 나무 한 그루, 풀 한 포기 자라나지 못하는 시베리아, 사납고 매서운 눈보라와 함께 뼛속까지 파고드는 추위, 눈물도 오줌도 고드름이 되는 시베리아―. 하지만, 그러나 박분필 시인의 「낮은 굴뚝」은 지정학적인 시베리아가 아니라 소위 생존의 장과 서열제도의 장에서 탈락한 사회적 약자들의 시베리아라는 점에서 더 큰 문제점을 지니고 있는 것이다.

부자들은 타인들의 부와 노동력을 착취하며 그들의 노력 이상의 혜택을 누리지만, 가난한 사람들은 피곤하고 지친 육체만 남을 뿐, 그들의 노동으로부터 철저하게 소외된다. 가난한 자들은 비명횡사와도 같은 삶을 살아야 하고, 부자들은 더없이 따뜻하고 행복한 삶 속에서 부귀장수의 꿈을 꾸게 된다.

산다는 것은 타인들의 자유와 생명과 재산을 침해하는 죄를 짓는 것이며, 이 죄의 댓가를 어떻게 치룰까가 모든 현자들의 과제라고 할 수가 있다. 욕심을 줄이고, 자연 속에서 자연의 이치에 따라 살며, 전체의 종들과의 관계 속에서 인간의 평등과 행복을 구상해 보아야 할 것이다.

지구촌의 인간은 20억 명이면 될 것이고, 50억 이상을 살처분(존엄사)하면 종의 균형과 함께 만인평등과 부의 공정한 분배가 실현될 것이다.

하루바삐 유엔과 모든 국가는 '인생 70의 인간수명제'를 실시하지 않으면 안 된다. 오래 살기를 원할 것이 아니라, 아름답고 멋진 죽음을 꿈꾸어야 하고, 그것을 곧바로 인간수명제로 실천해야 할 것이다.

이경숙

꽃무늬 빤스

빨랫줄에 걸린 꽃무늬 빤스
축축한 엉덩이 봄볕에 환하다

번개시장 좌판에서 검정비닐봉지에 쑤셔 넣으며
지폐 몇 장 들고 흥정했을 취향에 대해 생각한다
가장 은밀한 부분 들킬 것 같아
꽃으로 감춘 동물성에 대해 생각한다

시작은 부끄럽지만 끝은 분명한 자리
꽃잎이 비명을 지르며 사방으로 날아오르고
꽃잎 사이 벌떼 찾아든다

자세를 바꿔볼까
바람이 담장 너머 꽃무늬 빤스를 건드린다
뒤집었다가 눕혔다가 밀었다가 끌어당겼다가

실루엣 육감적이다

햇볕과 바람을 삼킨 엄마의 꽃무늬 빤스

그 숨결 절정이다

이 세상의 근본물질은 원자이며, 이 원자와 원자들의 결합에 의하여 모든 만물이 태어난다. 모래도, 돌도, 바위도 원자로 되어 있고, 나무도, 풀도, 선인장도 원자로 되어 있다. 새도, 사슴도, 코끼리도 원자로 되어 있고, 인간도, 개미도, 물고기도 원자로 되어 있다. 만물은 생물학적(화학적)으로 한 가족이며, 이 원자의 운동에 의하여 그 삶의 형태를 바꾸게 된다. 탄생은 원자들의 결합이고, 죽음은 그 생명체를 구성하고 있던 원자들의 분리에 지나지 않는다. 개체는 끊임없이 생성─소멸하지만, 에너지는 변하지 않으며, 이 에너지의 보존법칙에 의하면 어떤 생명체의 탄생과 죽음은 그렇게 대단한 사건이 될 수가 없다.

　이경숙 시인의 「꽃무늬 빤스」는 엄마의 '꽃무늬 빤스'를 통하여 여성의 성적 욕망을 역사 철학적으로 고찰하고, 그것을 '꽃무늬 빤스'로 아주 탁월하게 연출해

냈다고 할 수가 있다. 꽃무늬 빤스는 여성의 생식기이며 꽃이고, 이 꽃의 향기에 의하여 수많은 벌과 나비들이 들고 난다. 오늘도, 지금 이 순간에도, "빨랫줄에 걸린 꽃무늬 빤스"가 "봄볕에 환"하고, 수많은 바람과 벌과 나비들이 꽃무늬 빤스를 건드린다. 이 수많은 바람과 벌과 나비들에 의하여 '뒤집었다가, 누웠다가, 밀었다가, 끌어당겼다가' 너무나도 육감적으로 성의 향연을 펼쳐 보인다.

모래도, 돌도, 바위도 꽃이고, 나무도, 풀도, 선인장도 꽃이다. 새도, 사슴도, 코끼리도 꽃이고, 인간도, 개미도, 물고기도 꽃이다. 모든 생명체는 꽃이고, 이 꽃 피우는 삶을 산다. 우리 인간들만이 이 성의 향연을 부끄럽게 생각하지만, "시작은 부끄럽지만 끝은 분명한 자리/ 꽃잎이 비명을 지르며 사방으로 날아오르고/ 꽃잎 사이 벌떼"들 찾아오게 된다. 이 세상의 삶은 사건과 사고의 연속이고, 이 사건과 사고가 없는 삶은 생각할 수조차도 없다. 수많은 사람들의 희생없이 고산영봉을 등정할 수도 없고, 대형 사건과 사고 없이 새로운 역사를 기록할 수도 없다. 성희롱과 성추행도 정상적인 구애활동이고, 강간과 살인도 정신적인 구애활동

이고, 이 구애활동들은 단 하나뿐인 목숨을 건 사투의 형태로 전개된다. 성의 향연의 기원은 발정기이고, 이 발정기, 즉, 이 종족의 명령보다 우선하는 것은 없다.

종의 건강과 종의 번영은 성의 향연에 달려 있고, 이 성의 향연이 모든 예술의 기원이 된다. 이경숙 시인의 「꽃무늬 빤스」는 여성의 생식기이고, 그 꽃을 위해서 수많은 벌과 나비들이 춤을 춘다.

산다는 것은 꽃을 피우는 것이고, 꽃을 피우는 것은 성의 향연이며, 그 절정이다. 모든 성과 연애와 성교가 가장 아름답고 황홀한 까닭이 여기에 있다.

김인숙
어떤 순간

경각의 어머니가 파르르 흐느낀다

인간은 평생 남을 위해 혹은 남 때문에 울다가 마지막엔 자신을 위해 운다. 그때 둘러앉은 삶은 죽음을 향해 일제히 울음을 터뜨린다

먼 길을 달려 찾아 온 경각을 안심시키려
아직까지 남아있는 눈물을 다 비우려 운다

어차피 울음이란 살아서나 유용한 행위이니까, 죽어서는 자신이 지고 다닐 무게에 불과하니까

너무 울지들 마라,
너희들의 눈물은 곧 강을 이룰 것이고 나는 또
그 강을 오래 건너야 한다

파르르 떨던 울음이 빠져나간 어머니는 망자의 명부에 전입되고 시신은 곧 한 채의 폐가처럼 흉흉해진다

너희는 모두 이 집에서 태어나고 자랐으니 너희들 손으론 이 폐가를 허물지 못하리라

어디서 날아온 초라한 파리 한 마리, 망자의 콧등에 앉아 가느다랗게 떨고 있다. 북쪽으로 길을 트던 어머니가 허공에서 멈칫, 잦아든다. 죽음의 물결이 사방으로 번진다

이내 수습의 시간이 오고 집 한 채가 고요히 허물어진다
염습殮襲은 한쪽의 얼굴을 완전히 지우는 일이다

울음이란 무엇인가? 울음이란 '울다'의 명사형으로 인간의 감정의 상태에 따라 눈물을 흘리는 것을 말하고, 울음은 또한 우는 소리를 가리키기도 한다. 자기 자신의 꿈이 이루어졌을 때에도 울고, 자기 자신의 꿈이 너무나도 완벽하게 무너졌을 때에도 운다. 너무나도 반가운 사람을 만났을 때에도 울고, 자기 자신과 가장 가까운 사람과의 이별을 해야 할 때에도 운다. 기쁠 때에도 울고, 슬플 때에도 운다. 조용히 숨어서 울 때도 있고, 뜨거운 눈물을 속으로 삼키며 울 때도 있다. 타인의 시선을 아랑곳 하지 않고 큰소리로 울 때도 있고, 타인의 마음을 훔치려고 가짜로 울 때도 있다. 인간은 우는 동물이며, "평생 남을 위해, 혹은 남 때문에 울다가 마지막엔 자신을 위해" 울게 된다.

눈물이란 무엇인가? 눈물이란 눈동자 위쪽에 있는 눈물샘에서 나와 눈동자를 적시거나 흘러나오는 투명

한 액체를 말하며, 늘 조금씩 나와 먼지와 이물질을 씻어주고, 각막에 영양을 공급해주는 것은 물론, 광학적 기능을 작용하게 해준다. 눈물은 어떤 자극을 받으면 더 많이 흘러나오고, 특히 기쁘거나 슬플 때 아주 많이 흘러나온다. 눈물과 울음은 매우 다른 것이지만, 울음과 눈물의 관계는 뗄레야 뗄 수 없는 관계라고 할 수가 있다. 왜냐하면 울음은 인간의 감정 상태에 대한 반응이기 때문에 우는 사람은 대부분이 눈물을 흘리게 되어 있는 것이다. 울음의 바다는 눈물의 바다가 되고, 눈물의 바다는 울음의 바다가 된다.

김인숙 시인의 「어떤 순간」은 경각의 순간이고, 임종의 순간이며, 어머니의 임종에서부터 염습殮襲까지를 역사 철학적으로, 또는 극사실적으로 묘사한 시라고 할 수가 있다. "경각의 어머니가 파르르 흐느낀다"는 것은 임종을 눈앞에 둔 어머니의 심리적 상태를 말하고 있는데, 왜냐하면 이 세상의 삶을 마감해야 한다는 것은 슬픈 일이기 때문이다. 죽음이란 자연으로 돌아가는 일이기도 하지만, 이 세상에서 그와 인연을 맺은 아들과 딸들과 모든 사람들과의 최종적인 이별을 뜻하기 때문이다. 아주 짧은 순간, 즉, 임종을 눈앞에 둔

어머니가 파르르 흐느끼듯이, 이 세상의 삶은 "평생 남을 위해, 혹은 남 때문에 울다가 마지막엔 자신을 위해" 우는 것에 지나지 않는다. "그때 둘러앉은 삶은 죽음을 향해 일제히 울음을 터뜨린다"는 것은 "먼 길을 달려 찾아 온" 자식들이 이 세상을 떠나가는 어머니를 안심시키려 우는 모습들을 말하고, "아직까지 남아있는 눈물을 다 비우려 운다"는 것은 어머니가 눈물을 다 비우고 떠나갈 것이라는 사실을 말한다. 울음이란 살아서나 유용한 행위이고, "죽어서는 자신이 지고 다닐 무게에" 지나지 않는다.

"너무 울지들 마라/ 너희들의 눈물은 곧 강을 이룰 것이고 나는 또/ 그 강을 오래 건너야 한다." 이 말은 경각의 순간에 파르르 흐느끼던 어머니가 그 울음을 멈추고 자식들에게 한 말이며, 너희들이 너무 울면 눈물의 강이 되어 자기 자신이 그 강을 건너가기가 힘들어진다는 말이기도 한 것이다. 이윽고 "파르르 떨던 울음이 빠져나간 어머니는 망자의 명부에 전입되고, 시신은 곧 한 채의 폐가처럼 흉흉해진다." 살아 있을 때는 천하도 좁다고 지랄발광을 하던 황제도 죽으면 기껏 시체에 불과하고, 그토록 오래 살고 싶어서 온갖 명

약을 다 찾아 다녔던 인간도 죽으면 기껏 시체에 불과하다. 삶은 더없이 아름답고, 죽음은 더없이 흉흉하다. 살아 있는 자는 역동적이고, 죽은 자는 아무런 힘도 쓰지 못한다. 요컨대 "너희는 모두 이 집에서 태어나고 자랐으니 너희들 손으론 이 폐가를 허물지 못하리라"는 어머니의 호언장담도 그 어떤 힘도 쓰지를 못하고, "어디서 날아온 초라한 파리 한 마리"마저도 "망자의 콧등에 앉아 가느다랗게 떨며", "북쪽으로 길을 트던 어머니"도 잠시 멈칫하다가 허공으로 잦아든다. "죽음의 물결이 사방으로 번"지고, 어머니란 집 한 채가 조용히 허물어지고, 어머니의 삶과 형상을 지우는 염습은 이내 끝난다.

어떤 순간은 경각의 순간이고 임종의 순간이며, 어떤 순간은 이별의 순간이고 울음의 순간이다. 어떤 순간은 눈물의 순간이고 산자와 임종을 맞이한 자의 대화의 순간이고, 어떤 순간은 죽음의 순간이고 어머니라는 집 한 채를 완전히 비우는 염습의 순간이다. 김인숙 시인의「어떤 순간」은 삶과 죽음에 대한 역사 철학적인 명상의 순간이며, 그 순간을 허무하게, 아니, 그 허무함을 위대하게 미화시키는 순간이라고 할 수가 있다.

예컨대,

　"경각의 어머니가 파르르 흐느낀다." "인간은 평생 남을 위해 혹은 남 때문에 울다가 마지막엔 자신을 위해 운다." "그때 둘러앉은 삶은 죽음을 향해 일제히 울음을 터뜨린다." "먼 길을 달려 찾아 온 경각을 안심시키려/ 아직까지 남아있는 눈물을 다 비우려 운다." "어차피 울음이란 살아서나 유용한 행위이니까, 죽어서는 자신이 지고 다닐 무게에 불과하니까." "너무 울지들 마라/ 너희들의 눈물은 곧 강을 이룰 것이고 나는 또/ 그 강을 오래 건너야 한다." "파르르 떨던 울음이 빠져나간 어머니는 망자의 명부에 전입되고 시신은 곧 한 채의 폐가처럼 흉흉해진다." "너희는 모두 이 집에서 태어나고 자랐으니 너희들 손으론 이 폐가를 허물지 못하리라." "어디서 날아온 초라한 파리 한 마리, 망자의 콧등에 앉아 가느다랗게 떨고 있다." "북쪽으로 길을 트던 어머니가 허공에서 멈칫, 잦아든다." "죽음의 물결이 사방으로 번진다." "이내 수습의 시간이 오고 집 한 채가 고요히 허물어진다/ 염습殮襲은 한쪽의 얼굴을 완전히 지우는 일이다"

등의 잠언과 경구들은 그의 인식의 깊이를 말해주고, 이 최고급의 삶의 지혜들이 그 위대함의 순간에 밤하늘의 별들처럼 반짝인다.

김인숙 시인의 「어떤 순간」은 임종의 순간이고 위대함의 순간이며, 최고급의 지혜들이 밤하늘의 별들로써 반짝이는 순간이라고 할 수가 있다.

이순희

말이 머리 깎고 절로 간 까닭

그는 글 동냥하며 근근이 살았다
언어에 굶주려 극심한 눌변에도 시달렸다
어쩌다 곳간이 찼다 싶어 열어보면
가득 들어찬 망상과 허상들.

어느 새벽 그는 길을 떠났다
詩는 말과 절이 합쳐졌으니
말의 신전으로 가서 두 눈으로 직접 말씀을 확인해
보리라 작정했다
험준한 산길 올라 들어선 산사에는
아무리 찾아도 말은 보이지 않고 풍경소리만 바람에
흩어지고 있었다
처마 끝 바람 고요해지자
가부좌 틀고 면벽한 말씀의 뒷모습,
묵언 수행 중인 듯 말줄임 알로 염주를 굴리고 있다

그 염주 다 닳아 한 점으로 남게 될 때까지

결코 일어서지 않을 듯 꼿꼿하다

……

이순희 시인의 「말이 머리 깎고 절로 간 까닭」은 말의 한계에 대한 처절한 절망 속에서 말의 본질을 탐구하고 있는 시라고 할 수가 있다. 말이란 무엇이고, 무엇이 진실이고, 무엇이 거짓인가? 어떠한 말이 아름다운 말이고, 어떠한 말이 더러운 말인가? 그는 글 동냥하며 근근히 살았고, 언어에 굶주려 극심한 눌변에도 시달렸다. 동냥이란 자기 자신의 글을 쓰지 못하고 타인의 글을 빌어다가 썼다는 것을 말하고, 눌변이란 능수능란한 능변과는 달리 매우 서툰 말솜씨를 말한다. 망상이란 잘못된 생각들을 말하고, 허상이란 아무런 쓸모도 없는 헛된 생각들을 말한다. "어쩌다 곳간이 찼다 싶어 열어보면/ 가득 들어찬 망상과 허상들" 뿐─. 동냥과 눌변의 소산인 망상과 허상의 쓰디쓴 결과를 안고, 어느 새벽 길을 떠났고, 그토록 어렵고 험준한 산길을 올라 말의 신전을 찾아갔던 것이다.

하지만, 그러나 말의 신전에는 "아무리 찾아도 말은 보이지 않고 풍경소리만 바람에 흩어지고 있었다." "처마 끝 바람 고요해지자/ 가부좌 틀고 면벽한 말씀"은 "묵언 수행 중인 듯 말줄임 알로 염주를 굴리고 있었"고, "그 염주 다 닳아 한 점으로 남게 될 때까지/ 결코 일어서지 않을 듯 꼿꼿"하게 앉아 있었던 것이다. 노자의 말을 적용하면 말로 표현할 수 있는 시는 시가 아니고, 언어로 기록할 수 있는 시는 시가 아니다. 진실한 말도 없고, 거짓의 말도 없다. 아름다운 말도 없고, 추한 말도 없다. 진실과 거짓의 싸움 속에 진실한 말이 있고, 아름다운 말과 추한 말의 싸움 속에 아름다운 말이 있다. 시는 시쓰기의 과정 속에 있고, 시가 완성되면 시는 존재하지 않는다. 행복은 행복을 찾아가는 과정 속에 있고, 행복이 찾아오면 행복은 존재하지 않는다. 시는 망상이고 허상이며, 이것이 「말이 머리 깎고 절로 간 까닭」인 것이다.

묵언 수행 중인 말, 말줄임 알로 염주를 굴리고 있는 말, 그 염주 알 다 닳을 때까지 자기 자신의 온몸의 정열을 다 불 태우고 있는 말—.

너무나도 경건하고 너무나도 엄숙한 순수함의 극

치—. 이 구도자의 정신−시인 정신이 아름다움의 진수로 나타났다가 망상인 듯, 허상인 듯 '말줄임표의 황홀함' 속으로 사라져 간다.

요컨대 「말이 머리 깎고 절로 간 까닭」은 이순희 시인의 초상이고, 그 진면목이기도 한 것이다.

진순희

삼색 볼펜 심心과 놀다

색깔의 판타지
고 작은 심 끝에서 흘러나오는
black, blue, red
3 가지 마음, 心이다
고물고물 글자 이어가며
삼색의 프리즘으로 세상을 본다

검정은 얼굴 마담
어느 곳에서나 불쑥 혀를 내민다
가끔 권태로움이 스며들 때
또 다른 취향 저격, 파랑이다
나를 관통하는 멋진 글귀를 읽을 때
휘리릭 밑줄로 따라붙는다
문제는 나의 프리마돈나
빨강, 심장 뛰는 시를 만났을 때

바르르 떨리는 마음으로
급히 꺼내드는 비장의 카드
나만의 새빨간 클럽 파티 룩이다

마음 心
이리 저리 흘러 다니다가
세 점이 만나서 꿈틀거리는
三색의 킹덤 속에서
내가 세우고 허무는 문장들

하늘에 없는 별이 태어나고 죽는다

인류의 역사는 이야기의 역사이며, 이야기의 역사 속에는 우리 인간들의 삶이 모두 간직되어 있다고 할 수가 있다. 옛이야기도 있고, 오늘날의 이야기도 있고, 머나 먼 미래의 이야기도 있다. 옛이야기는 옛날에 있었던 사건이나 경험 등을 말하고, 오늘날의 이야기는 사람과 사람들이 말을 주고 받으며 이끌어 나가는 삶의 현장을 말하고, 머나먼 미래의 이야기는 공상이나 상상의 산물들을 말한다. 희극이나 비극, 또는 소설이나 서사시의 이야기는 그러나 과거와 현재와 미래의 시제가 상호 겹쳐지면서, 때로는 회상적으로, 때로는 현실적으로, 때로는 공상적으로 그 이야기들을 다양하게 이끌어 나간다.

인간은 말을 할 줄 아는 동물이고 사유하는 동물이며, 인간은 또한 사유의 내용을 이야기로 기록하여 인간의 한계를 돌파하며, 가장 찬란하고 화려한 문명과

문화를 구축해왔다고 할 수가 있다. 진순희 시인의 「삼색 볼펜 심心과 놀다」는 언어의 놀이의 극치이며, 이 언어의 놀이를 통하여 '三色의 킹덤 이야기'를 구축해낸다. 볼펜심이란 볼펜의 내부에 잉크로 채워진 가느다란 대롱을 말하고, 삼색 볼펜심이란 하나의 볼펜 속에 검정, 파랑, 빨강의 세 개의 볼펜심이 있다는 것을 말하며, 「삼색 볼펜 심心과 놀다」는 이 세 개의 볼펜심에 시인의 '3가지 마음'을 더하여 '三色의 킹덤 이야기'를 구축해냈다는 것을 말한다.

'三色의 킹덤 이야기'는 삼색의 볼펜심과 시인의 마음이 손을 잡고 이끌어 나가는 판타지이며, 이 상상의 이야기 속에는 검정, 파랑, 빨강의 마음이 나오고, 이 삼색의 프리즘을 통하여 이 세상을 바라본게 된다. 검정은 얼굴 마담과도 같고, 그녀는 어느 곳에서나 불쑥 혀를 내민다. 얼굴 마담의 감언이설과 말들의 성찬에 싫증을 느낄 때면 파란 마음을 만나게 되는 데, 왜냐하면 파란 마음은 아름답고 멋진 글귀와도 같으며, 언제, 어느 때나 밑줄을 긋고 싶을 만큼의 발랄함과 영원한 젊음을 간직하고 있기 때문이다. 하지만, 그러나 "문제는 나의 프리마돈나", 즉, 만인들의 주연배우인

빨강의 마음이며, 나는 빨강의 마음을 만났을 때는 "바르르 떨리는 마음"같이 심장이 뛰고, 나 자신도 모르게 "급히 꺼내드는 비장의 카드/ 나만의 새빨간 클럽 파티 룩"을 입게 된다.

진순희 시인의 「삼색 볼펜 심心과 놀다」는 삼색의 볼펜심에 인간의 마음을 결합시킨 판타지이며, 진순희 시인이 극본을 쓰고 연출해낸 모노드라마라고 할 수가 있다. 검정은 음험한 얼굴 마담이 되고, 파랑은 영원한 로맨스의 주인공이 되고, 빨강은 전인류의 마음을 사로잡는 오페라의 주연배우가 된다. 모든 이야기는 상상 속의 이야기가 되고, 이 상상 속의 이야기는 현실보다도 더 현실적인 이야기가 된다. 그렇다. '색깔의 판타지', '세 가지 마음心'을 이리 저리 흘리거나 굴려보다가 검정, 파랑, 빨강이 만나는 "三색의 킹덤 속에서/ 내가 세우고 허무는 문장들"이 그것을 말해준다.

진순희 시인의 삼색의 볼펜심에는 다양한 사람들의 마음이 들어 있고, 그 마음과 마음들이 이끌어 나가는 과거와 현재와 미래의 이야기들이 들어 있다. 이야기는 말놀이이고, 말놀이는 연극과 영화와 문학, 또는 정치와 경제와 문화 등의 이야기가 되고, 이 이야기들은

하나의 세계가 되고, 우주가 된다.

　하늘에는 별이 뜨고 별이 진다. 하늘에는 별이 지고, 또, 별이 태어난다. 천일야화, 만년야화, 그 이야기들은 끝이 없고, 인류의 역사는 영원히 지속된다.

　"하늘에는 없는 별이 태어나고, 또, 죽는다."

오현정

풀꽃이 발을 닦는다

제비꽃부리가 하늘 창 여는 강천사
구름다리 위에 서면
사람들 약속이 안개에 젖어
물꼬를 틔우며 간다
아직 가꾸지 못한 텃밭에 물바람 일으킨다
밟지 마라, 저 작은 풀꽃
얼마나 싱싱하고 질긴지
떠돌다 젖은 사람의 발을 씻는다
여리고 푸른 손이 바람인 듯
다시 나를 끌어당긴다

제비꽃은 봄을 알리는 전령사이자 전국의 어느 곳에
서나 흔히 볼 수 있는 꽃이고, 제비꽃의 종류는 수도 없
이 많다고 할 수가 있다. 남산제비꽃, 잔털제비꽃, 콩
제비꽃, 노랑제비꽃, 단풍제비꽃, 알록제비꽃 등이 그
것을 말해주고, 제비꽃의 꽃말은 겸양이며, 한방에서
는 제비꽃의 뿌리를 포함한 전초를 말려서 약재로 사용
한다. 제비꽃은 전립선염, 방광염, 관절염을 치료하고,
이밖에도 온갖 염증을 아물게 하는 소염작용과 열을
내리고 독성을 가라앉히는 해독제로 쓰이기도 한다.

　　강천산은 호남의 소금강이라고 할 수 있을 만큼 아주
아름다운 경치를 자랑하고, 강천사는 그 강천산에 있
는 사찰이며, 통일신라시대 때(887년) 도선국사가 창건
했다고 한다. 한때는 1,000여 명의 승려와 함께 12개
의 부속암자가 있었지만, 임진왜란과 한국전쟁 때 불
타버렸고, 오늘날은 대한불교조계종 선운사의 말사로

서 그 명맥을 이어나가고 있다고 할 수가 있다.

오현정 시인의 「풀꽃이 발을 닦는다」의 주인공은 제비꽃이며, 이 제비꽃은 이 세상의 사람들의 발을 씻어주는 천사이자 그들을 하늘나라로 인도해가는 구세주라고 할 수가 있다. 제비꽃부리가 강천사의 하늘 창을 열 때, 강천사의 "구름다리 위에 서면/ 사람들 약속이 안개에 젖어" 이 세상 곳곳의 "물꼬를 틔우며" 가게 된다. 강천사의 하늘 창을 여는 제비꽃, 모든 사람들의 약속의 물꼬를 틔우는 제비꽃, "아직 가꾸지 못한 텃밭에 물바람 일으"키며, 새로운 희망의 씨앗을 심게 하는 제비꽃, "밟지 마라, 저 작은 풀꽃/ 얼마나 싱싱하고 질긴지"라는 시구에서처럼, 그토록 밟히고, 또, 밟혀도 그 끈질긴 생명력으로 이 세상의 모든 사람들의 발을 씻어주는 제비꽃은 가히 봄의 전령사이자 강천사의 창조주라고 할 수가 있다. 제비꽃은 또한, 이 세상의 약속의 물꼬와 희망의 씨앗을 심어주는 천사이며, 그 '겸양의 미덕'으로 이 세상의 모든 떠돌이—나그네들을 하늘나라로 인도해가는 구세주라고 할 수가 있다.

시는 상상의 산물이며, 상상은 시인의 의식의 출발점이자 그 목적지라고 할 수가 있다. 상상은 미래의 목

적이 되고, 미래의 목적은 오늘의 출발점이 되고, 이 '역도인과성의 기개'는 하늘을 찌르게 된다. 우리는 상상 속에 태어나 상상 속에서 밥을 먹고, 상상으로 꿈을 꾸며, 상상 속에서 더없이 아름답고 행복하게 죽어간다. 상상은 시인의 존재 근거이며, 시인은 상상을 통해서 보이지 않는 것을 보고, 존재하지 않는 것을 존재하게 한다. 상상은 미래의 눈이고 지혜이며, 상상은 우리들의 양식이고 생명이며, 그 실천이다. 어제의 나와 오늘의 내가 다르고, 내일의 나와 모레의 내가 다르다. 우리는 모두가 다같이 똑같은 말과 똑같은 행동을 두 번 다시 되풀이 하지 않으며, 날이면 날마다, 시시각각으로 새롭게 다시 태어난다.

　제비꽃은 사유하는 존재이며 실천하는 존재이고, 제비꽃은 말과 행동, 즉, 이론과 실천을 하나로 일치시키며, 영원한 강천사의 주인공이 되었다고 할 수가 있다. 시는 사상(상상)의 꽃이고 사상은 시의 열매이다. 이 세상 만물의 창조주인 상상, 이 상상력의 힘이 가장 세고, 상상력은 모든 시인의 근본적인 힘이 된다.

　나는 시를 쓴다, 고로 자유롭다. 이 세계는 내가 창조한 세계이고, 나는 이 창조의 힘으로 모든 사람들의

발을 다 씻어줄 것이다.

오현정 시인은 제비꽃이고, 이 제비꽃이 모든 사람들의 발을 다 씻어준다.

오늘도, 지금 이 순간에도, 그 "여리고 푸른 손이 바람인 듯/ 다시 나를 끌어당긴다."

박성우
안부

한 이십 년, 가깝게 지냈던 후배가
먼 곳으로 이사를 하게 되었다

딱히 해줄 게 없던 나는
야생화농장을 하는 지인을 찾아가
벌개미취와 구절초 모종을 구했다
이거는 심어놓기만 하면 잘 살아요,
이 년 생인지 삼 년 생인지 하는
모종을 차에 싣고 후배 집으로 간 날은
아직 날이 찬, 봄이었다

어때, 적응은 좀 했어?
후배가 터를 옮긴 곳은 도심 근교였고
앞마당도 뒷마당도 제법 넓어 보였다
후배와 나는 도란도란 꽃모종을 했고

제법 정리가 된 집에서 고기도 구웠다

더 자주 연락하자고,
비록 멀리 떨어지게 되었지만
더 가깝게 지내자고,
우리는 몇 번이나 말을 주고받았던가

나는 곧 후배를 잊고 지냈고
후배도 별다른 연락을 해오지 않았다

그러던 어느 날이었다
형, 벌개미취꽃이 피었어요
형, 구절초꽃도 곧 필 거예요,

우리는 일 년에 한두 번은 연락하는 사이로
지낼 수 있게 되었고
후배도 제법 단단한 뿌리를 내린 눈치였다

"때때로 배우고 익히면 어찌 기쁘지 않겠는가? 벗이 있어 먼 곳으로부터 찾아오면 어찌 즐겁지 않겠는가?"라는 공자의 말이 있고, 공자의 이 말은 학문의 기쁨과 우정의 즐거움을 역설한 동서고금의 명언이라고 할 수가 있다. 공자야말로 학문의 기쁨과 우정의 즐거움을 알고 있었던 어진 현자였으며, 공자는 그의 친구들과 이처럼 시를 논하며 전인류의 스승이 되어갈 수가 있었던 것이다. 때때로 배우고 익히는 것은 자기 자신을 높이 높이 끌어올리는 것이고, 수많은 친구들과 시를 논하며 그 이상을 실천하는 것은 우리가 살고 있는 이 세상을 더없이 아름답고 행복한 삶의 터전으로 만들기 위한 것이라고 할 수가 있다.

시인들이 사는 곳은 좋은 땅이어야 하고, 사람들의 마음은 생각이 깊고 인자해야 한다. 친구와 친구의 사이는 서로가 사랑하는 사이이어야 하고, 그들의 말은

무한한 믿음과 신뢰가 있지 않으면 안 된다. 공자의 유교사상과 노자의 무위사상은 서로간에 화해할 수 없을 만큼 적대적이기는 하지만, 그러나 이처럼 모든 사상은 행복론이며, 낙천주의를 양식화시킨 것에 지나지 않는다.

　박성우 시인의 「안부」는 시인과 "한 이십 년, 가깝게 지냈던 후배"와의 우정을 노래한 시이며, 그 우정이 서로간의 사랑과 믿음의 화신인 벌개미취와 구절초로 피어난 시라고 할 수가 있다. 한 이십 년 가깝게 지냈던 후배가 먼 곳으로 이사를 갔고, 딱히 해줄 게 없었던 시인은 야생화 농장을 찾아가 벌개미취와 구절초 모종을 구해 갔는데, 왜냐하면 그것들은 심어 놓기만 하면 아무 곳에서나 잘 살았기 때문이다. 벌개미취와 구절초는 대한민국의 야생화이고, 그 끈질긴 생명력은 그의 후배에 대한 섬세하고 세심한 배려라고 할 수가 있다. 이사는 뿌리가 뽑히는 것이며, 정든 땅을 떠나서 낯설고 물설은 타향에서 수없이 죽었다가 되풀이 살아나야만 하는 고통과 그 적응의 과정을 거치지 않으면 안 된다. "이 년 생인지 삼 년 생인지 하는/ 모종을 차에 싣고 후배 집으로 간 날은/ 아직 날이 찬, 봄이었"고, "어

때, 적응은 좀 했어?/ 후배가 터를 옮긴 곳은 도심 근교였고/ 앞마당도 뒷마당도 제법 넓어 보였다/ 후배와 나는 도란도란 꽃모종을 했고/ 제법 정리가 된 집에서 고기도" 굽고 정담을 나누었던 것이다.

"더 자주 연락하자고/ 비록 멀리 떨어지게 되었지만/ 더 가깝게 지내자고/ 우리는 몇 번이나 말을 주고받았"지만, 그러나 "나는 곧 후배를 잊고 지냈고/ 후배도 별다른 연락을 해오지 않았다." 그러던 어느 날, "형, 벌개미취꽃이 피었어요/ 형, 구절초꽃도 곧 필 거예요"라고, 후배가 연락을 해왔고, "우리는 일 년에 한두 번은 연락하는 사이로/ 지낼 수 있게 되었고/ 후배도 제법 단단한 뿌리를 내린 눈치"였던 것이다.

박성우 시인과 후배 사이에는 대한민국의 야생화인 벌개미취와 구절초가 있었고, 벌개미취와 구절초는 사랑과 믿음의 화신이며, 그 목표는 이 세상을 더없이 아름답고 행복한 세상으로 만드는 것이라고 할 수가 있다. 박성우 시인의 「안부」는 사랑과 믿음과 존경이 각인된 「안부」이며, 이 세상에서 가장 고귀하고 위대한 '인간애의 꽃'으로서 핀 우정이라고 할 수가 있다.

사무사思無邪.

시는 사상의 꽃이고, 사상은 시의 열매이다. 시에는
사악한 생각이 하나도 없고, 이 더없이 맑고 순수한 마
음으로 서로간의 '안부'를 주고받고 있는 것이다.

벌개미취꽃이 핀다. 구절초꽃이 핀다.

손택수 황지우

이대흠 최승자

장석원 황상순

유성식 신명옥

노혜봉 문정희

유홍준 김소형

임태래 윤진화

손택수
모래인간

초등학교 일학년 나의 첫 미술수업은 모래인간 그
리기
4B 연필로 윤곽선을 그리고 선을 따라 풀칠을 한 뒤
풀이 마르기 전 얼른 모래를 뿌리면
모래인간이 태어나는 것이었다
풀기가 다한 모래알이 떨어져서 서걱이는 소리가 들
려오면
울음소리인가 하고 새 풀을 발라주었다
고향 마을 떠나 도회로 올 때도 응당
책가방 속에 담겨 따라온 모래인간
어머니는 유산한 사내아이를 평생 잊지 못했는데
세상에서 만나지 못한 동생이라도 생긴 듯이
보살피던 그를 잃어버린 것이 언제였을까
먼 훗날 티벳의 모래 만다라 이야기를 들었다
만다라가 완성되면 스님들은 애써 공들인 색색의 그

림을

바람에 흩어 지워버린다고 했다

그림 너머의 세계를 잊지 않기 위해서

시원하게 무너지는 모래의 해방감을 잊지 않기 위

해서

지우는 일로 만다라의 완성에 이른다는 것이었다

까맣게 잊고 지낸 모래인간을 다시 만나게 된 건

유골가루를 흙에 버무려 풍장을 하였을 때다

그때 내 몸에서도 모래 떨어져나가는 소리가 났다

오래 전 함께 서걱이며 놀던 모래인간은 한번도

나를 떠난 적이 없었던 것이다

어차피 인생은 빈손으로 왔다가 빈손으로 돌아가는 것이다. 원자와 원자가 결합하면 생명체가 탄생하고, 원자와 원자들이 분리되면 그 생명체를 이루던 형체들이 산산이 흩어진다. 윤회사상은 한 생명체에서 다른 생명체들로의 변모(탄생)를 뜻하지, 동일한 생명체의 반복을 뜻하지는 않는다. 죽음도 없고, 소멸도 없다. 하루를 살았거나 천년을 살았거나 아무런 차이도 없고, 인간으로 태어났거나 모래가 되었거나 아무런 차이도 없다.

　손택수 시인의 「모래인간」은 인간 존재론의 진수이며, '나는 모래인간으로 태어나, 모래인간의 삶을 살다가, 모래인간의 삶을 완성했다'라는 매우 깊이 있고 심오한 철학적 성찰을 담고 있다고 할 수가 있다. 도화지는 삶의 터전이 되고, 풀칠은 생명력이 되고, 4B 연필은 모래인간의 창조주가 된다.

초등학교 일학년 나의 첫 미술수업은 모래인간 그리기였고, 4B 연필로 윤곽선을 그리고 선을 따라 풀칠을 한 뒤 풀이 마르기 전 얼른 모래를 뿌리면 모래인간이 태어났던 것이다. "풀기가 다한 모래알이 떨어져 서걱이는 소리가 들려오면/ 울음소리인가 하고 새 풀을 발라주었"고, "고향 마을을 떠나 도회지로 올 때에도 응당/ 책가방 속에"는 모래인간이 따라왔던 것이다. "어머니는 유산한 사내아이를 평생 잊지 못했는데" 어느덧 "세상에서 만나지 못한 동생이라도 생긴 듯이/ 보살피던 그를 잃어"버렸다.

그 모래인간을 까마득하게 잃어버리고 지내다가 "먼 훗날 티벳의 모래 만다라 이야기를 들었다/ 만다라가 완성되면 스님들은 애써 공들인 색색의 그림을/ 바람에 흩어 지워버린다고 했다/ 그림 너머의 세계를 잊지 않기 위해서/ 시원하게 무너지는 모래의 해방감을 잊지 않기 위해서/ 지우는 일로 만다라의 완성에 이른다는 것이었다."

만다라는 무엇인가? 만다라는 우주를 뜻하고, 신들이 사는 장소이며, 우주의 힘이 응축된 장소를 말한다. 만다라는 태장계와 금강계로 구분되고, 태장계는 하나

에서 여럿을 향해 움직이고, 금강계는 여럿에서 하나를 향해 움직인다. 만다라는 만물이 하나가 되고, 하나가 만물이 되는 이상적인 세계를 뜻하지만, 그러나 만다라는 그림 그리기의 과정 속에 있지, 그 만다라의 완성에 있는 것이 아니다. 끊임없이 만다라를 그리고, 끊임없이 만다라를 지우는 것, 이 삶과 삶의 과정들을 "유골가루를 흙에 버무려 풍장을 하였을 때" 그는 또다시 깨닫게 되었던 것이다. 왜냐하면 유골가루를 흙에 버무려 풍장했을 때, "내 몸에서도 모래 떨어져나가는 소리가" 났고, "오래 전 함께 서걱이며 놀던 모래인간은 한번도/ 나를 떠난 적이" 없었기 때문이다.

만다라와 현실의 세계도 아무런 차이가 없고, 인간과 모래인간도 아무런 차이가 없다. 모래인간이 만다라의 주인공이고, 모래인간이 전지전능한 신이며, 이 세계의 창조주인 것이다.

산다는 것은 만다라를 그리는 것이고, 만다라를 완성하는 것은 만다라를 지우는 것이다.

니체가 바그너를 삼류작곡가로 비판했다고 해서 바그너가 죽었는가? 쇼펜하우어가 그의 스승인 헤겔을

최고의 사기꾼이라고 비판했다고 해서 헤겔이 죽었는
가? 헤겔이 그의 스승이나 마찬가지인 칸트를 인정사
정없이 비판했다고 해서 칸트가 죽었는가? 이 비판의
생산성과 이 비판의 위대함을 생각해보라! 비판만이
아름답고, 비판만이 또, 아름답다.

황지우
설경

날 새고 눈 그쳐 있다.
뒤에 두고 온 세상,
온갖 괴로움 마치고
한 장의 수의壽衣에 덮여 있다.
때로 죽음이 정화라는 걸
일러주는 눈발,
살아서 나는 긴 그림자를
그 우에 짐부린다.

지구촌의 대재앙은 폭발적인 인구 증가에 있으며, 인간수명제를 실시하지 않으면 곧 모든 생명체들이 다 멸종하게 될 것이다. 남극과 북극의 빙산들도 다 녹아내리고 있고, 히말라야와 알프스와 안데스의 빙하와 눈들도 다 녹아내리고 있다. 사나운 비바람과 폭풍, 사나운 눈보라와 이상 한파, 그리고 이상 기온과 함께 점점 더 뜨거워지는 지구는 바다의 수위를 한껏 끌어 올렸고, 인도네시아의 수도인 자카르타와 물의 도시인 베니스마저도 곧 수몰될 예정이라고 한다.

지구촌의 적정 인구가 20세기 초의 20억 명이라고 가정한다면, 나머지 60억 명 정도는 종의 균형을 위해서 살처분해야 될 것이다. 60억 명이 먹고 살아야 할 농산물과, 소와 돼지와 닭과 양 등의 가축과, 수많은 해산물과 천연자원의 확보는 가히 상상할 수 없을 정도의 에너지의 낭비와 자연의 파괴로 이어지게 되어 있는

것이다. 자연은 만물의 터전이지, 우리 인간들이 그 주인공이 아니다. 오늘날의 지구촌의 위기는 인간이 이 세계와 만물의 주인공인 줄 착각하고 자연을 파괴한 데 있으며, 하루바삐 '인생70'의 '인간수명제'를 실시하지 않으면 안 되게 되어 있는 것이다.

꽃이 피고 열매가 익어 떨어지면 그 식물의 일생은 끝난다. 아들과 딸들을 다 키우고 손자를 볼 때쯤이면 생식력과 노동력도 끝나고, 이 세상과의 이별을 하고 자연으로 돌아가야 할 때가 된 것이다. 유엔과 모든 국가는 하루바삐 지구촌의 건강을 위하여 '인생70'의 '인간수명제'를 실시하지 않으면 안 된다.

존엄사, 즉, 죽음을 생각하는 것은 자연스러운 것이며, 존엄사를 받아들이는 것은 용기가 있는 것이다. 전 재산을 사회에 환원하는 것은 의로운 것이며, 조국과 민족과 인류의 미래를 생각하는 것은 거룩하고 성스러운 것이다.

"날 새고 눈 그쳐 있다/ 뒤에 두고 온 세상/ 온갖 괴로움 마치고/ 한 장의 수의壽衣에 덮여 있다/ 때로 죽음이 정화라는 걸/ 일러주는 눈발/ 살아서 나는 긴 그림

자를/ 그 우에 짐부린다."

죽음은 평화이고, 죽음은 행복이다. 죽음은 정화이고, 죽음은 새로운 탄생이다.

살아야 할 때와 죽어야 할 때를 아는 것, 이것보다도 더 소중한 지혜는 없다. 코로나19는 자연의 경고임에도 불구하고, 그 백신을 산송장과도 같은 식물인간들의 수명연장을 위해 우선적으로 사용하는 것을 보면, 우리 인간들처럼 어리석고 우매한 바보도 없을 것이다.

반려동물인 늙은 개와 고양이들의 병을 치료하고 수명연장을 위해 전재산을 쏟아부을 인간들은 없을 것이다.

황지우 시인의 「설경」은 자연 예찬의 시이며, 더없이 거룩하고 성스러운 죽음을 노래한 시라고 할 수가 있다.

장자는 그것이 믿기지 않아 다시 물었다.
"내가 목숨을 관장하는 신에게 부탁하여 그대를 부활
케 하고, 그대의 골육과 살결을 재생케 하여 그대가 그

리워하는 부모처자와 고향 친구를 만나게 할 터니, 그대
는 원하는가?"

해골은 몹시 눈썹을 찡그리고 이마를 찌푸리며 말했
다.

"내가 어찌 군왕 같은 즐거움을 버리고, 다시 인간 세
상의 고통으로 돌아가겠는가."

— 장자, 『莊子』에서

이대흠
외꽃 피었다

꽃과 가시가 한 어원에서 비롯되었다는 글을 읽는
동안
　지금은 다른 몸이 한몸에서 갈라져나온 시간을 생
각하는 동안
　꽃을 사랑하는 일은 결국 가시를 품는 것이라는 것
을 새기는 동안

꽃이 오셨다

어쩌지 못하고 물외처럼 순해지며 아픈 내 마음이며
　줄기와 잎이 가시로 덮였어도 외꽃처럼 고울 그대에
대한 생각이며
　견디지 못할 것 같았던 몸의 그리움을 마음의 그늘
로 염하는 시간이며

나는 역사와 전통을 존중할 것이고, 삶의 목표와 그 방법이 정해지면 그 어떤 다른 방법이 있어도 그것을 받아 들이지 않을 것이다. 이 세상을 변혁시키기 보다는 나 자신을 먼저 변혁시킬 것이고, 나는 내가 좋아하는 일(학문 연구)만을 할 것이다. 이것이 전인류의 스승으로서의 데카르트의 삶의 철학이자 그의 행복론이라고 할 수가 있다.

　　모든 철학은 행복론이고, 행복이란 모든 것이 가능하고 어느 것 하나 부족한 것이 없는 것을 말한다. 행복이란 전인류, 아니, 모든 생명체들의 공통 목표이며, 모든 생명체들은 이 행복을 위하여 최선의 노력을 다하고 있다고 할 수가 있다.

　　이대흠 시인의 「외꽃이 피었다」는 그의 행복론이며, 그의 행복론이 노란 외꽃처럼 피어난 시라고 할 수가 있다. 외꽃이 피는 길이란 물외를 얻는 길이며, 물외를

얻는 길이란 그 과육을 나누어 주고 다른 종들과 함께 행복하게 사는 길을 말한다. 노랗게 외꽃이 피고 물외를 얻는 길은 멀고 험하고, 따라서 꽃과 가시로 그 몸이 나누어지게 된다. 꽃은 자기 자신의 행복을 위한 길이 되고, 가시는 그 행복을 위해 모든 천적들을 물리칠 수 있는 길이 된다. "꽃과 가시"는 "한 어원에서 비롯되었"고, 지금은 한몸에서 갈라져 다른 역할을 맡아하게 되었지만, 그러나 "꽃을 사랑하는 일은 결국 가시를 품는" 일에 지나지 않았다.

꽃이 오셨다.

그렇다.

새로운 세상이 활짝 열린 것이고, 그는 노오란 외꽃으로 자기 자신의 행복을 연주하고 있는 것이다. "어쩌지 못하고 물외처럼 순해지며" 그 아픈 마음을 달래고, "줄기와 잎이 가시로 덮였어도 외꽃처럼 고울 그대에 대한 생각이며/ 견디지 못할 것 같았던 몸의 그리움을 마음의 그늘로 염하는 시간"을 지나서—.

행복의 길은 멀고 험하고, 멀고 험한 길은 줄기와 잎이 가시로 덮여 있다. 온갖 만고풍상을 다 겪으며 그리움을 삭히고, 그 그리움으로 물외처럼 노오란 꽃을

피운다.

　외꽃이 피었다.

　모든 생명체는 최단의 행로를 향하고, 모든 생명체
는 최선의 노력을 다한다.

　행복의 길, 즉, 역사에는 우연이나 행운이 없다.

최승자
자화상

나는 아무의 제자도 아니며
누구의 친구도 못 된다.
잡초나 늪 속에서 나쁜 꿈을 꾸는
어둠의 자손, 암시에 걸린 육신.

어머니 나는 어둠이에요.
그 옛날 아담과 이브가
풀섶에서 일어난 어느 아침부터
긴 몸뚱아리의 슬픔이에요.

밝은 거리에서 아이들은
새처럼 지저귀며
꽃처럼 피어나며
햇빛 속에 저 눈부신 天性의 사람들
저이들이 마시는 순순한 술은

갈라진 이 혀끝에는 맞지 않는구나.
잡초나 늪 속에 온 몸을 사려감고
내 슬픔의 毒이 전신에 발효하길 기다릴 뿐

뱃속의 아이가 어머니의 사랑을 구하듯
하늘 향해 몰래몰래 울면서
나는 태양에서의 사악한 꿈을 꾸고 있다.

이 세상에서 가장 고귀하고 위대한 사람이란 어떤 유형의 사람들이란 말인가? 자기 자신이 자기 자신의 아버지가 되고 전인류의 스승이 될 수 있는 사람이 바로 그러한 사람들이라고 할 수가 있다. 서양철학의 아버지인 소크라테스, 근대철학의 아버지인 데카르트, 비판철학의 창시자인 칸트, 공산주의 사상의 창시자인 마르크스, 염세주의 사상의 창시자인 쇼펜하우어, 비극철학의 창시자인 니체 등은 만인의 반대방향에서 자기 자신의 사상의 왕국을 세우고, 자기 자신의 언어로 모든 가치들을 창출해냈으며, 그들의 사상과 언어에 의하여 수많은 사람들이 고급문화인으로 태어나게 되었던 것이다.

자기 자신의 언어와 사상으로 전인류의 스승(아버지)이 된다는 것은 그러나 수없이 죽었다가 되풀이 살아나는 고통의 지옥훈련과정을 거치지 않으면 안 된다.

대장장이가 벌겋게 달군 쇳물을 용기에 넣어 식힌 후, 망치로 두들겨 패서 새로운 그릇을 만들 듯이, 그들은 도덕과 전통의 틀을 부수어 버리고 새로운 도덕과 전통을 창출해내지 않으면 안 되었던 것이다. "나는 아무의 제자도 아니며/ 누구의 친구도 못 된다"는 망치를 들고, "새처럼 지저귀며/ 꽃처럼 피어나며/ 햇빛 속에 저 눈부신 天性의 사람들"을 두들겨 패지 않으면, 그는 자기 자신의 아버지(어머니)이자 전인류의 스승이 될 수가 없는 것이다.

아담과 이브가 살던 에덴동산은 모든 것이 저절로 자라나고 모든 것이 저절로 꽃이 피는 지상낙원이었지만, 저 간사하고 사악한 뱀에 의해서 선악과를 따먹고 그 에덴동산에서 쫓겨나게 되었던 것이다. 하지만, 그러나 선악과는 지혜의 열매이며, 이 지혜의 열매에 의하여 원시인류는 어둠의 늪 속에서 빠져나와 사유하는 인간이 되었던 것이다. 뱀은 인류를 문맹과 어둠 속에서 구원해낸 구세주이며, 최승자 시인의 「자화상」에 따르면 그는 "긴 몸뚱아리의 슬픔", 즉, 뱀의 자손이었던 것이다.

뱀은 시인이고, 시인은 지혜의 화신이며, 새로운 지

혜는 그 무엇보다도 자기 자신을 물어뜯는다. 대부분의 인간들이 "마시는 순순한 술은" "갈라진" 그 "혀끝에"는 맞지 않는다. 잡초나 늪 속에서 나쁜 꿈을 꾸는 시인, 그 옛날 아담과 이브가 풀섶에서 일어난 어느 아침부터 긴 몸뚱아리의 슬픔으로 태어난 시인, 잡초나 늪 속에서 온 몸을 사려감고 내 슬픔의 독이 전신에 발효하길 기다리는 시인, "뱃속의 아이가 어머니의 사랑을 구하듯/ 하늘 향해 몰래몰래 울면서" "태양에서의 사악한 꿈을" 꾸는 시인—.

자기 자신이 아버지가 되고 전인류의 스승이 된다는 것은 사악한 꿈을 꾼다는 것이며, 이 사악한 꿈으로 최고급의 사상과 이론을 생산해내며, 그 모든 가치들을 전도시키는 것이다. 모든 지식과 학문의 장에 충격을 주고, 그 모든 정치, 경제, 사회, 문화의 장에 혁명을 일으키는 사악한 꿈들은, 그러나 일정한 시간이 지나면 가장 고귀하고 위대한 꿈이 되는 것이다. 최승자 시인의 「자화상」의 시간은 잔뜩 웅크린 용의 시간이며, 우화등선羽化登仙의 날개가 돋는 시간이라고 할 수가 있다.

장석원
울어라 천둥

몸 버리고
떠난 그 사람
염하는데

그 몸 두고
차갑게 우는
꽃의 봄

火木의 재
묻은 구름
피네 나의 피네
피네 피네 하늘에
불꽃
꽃 내
묻은 그 몸
훨훨 날아가네

천둥이란 번개가 칠 때 발생하는 소리를 말하고, 번개란 대기 중에 고전류의 전기를 방전하는 것을 말한다. 구름 내부를 살펴보면 물 입자와 얼음 입자가 있고, 이 입자들이 서로 마찰을 일으켜 전하를 띠게 된다. 물은 음전하(−)가 되고, 얼음 입자는 양전하(+)가 된다. 물은 얼음보다 비중이 크기 때문에 구름의 하부로 이동하고, 얼음은 물보다 비중이 작기 때문에 구름의 상부로 이동한다. 구름 상부는 양전하(+)를 띠게 되고, 구름하부는 음전하(−)를 띠게 된다. 따라서 구름 하부에 음전하가 쌓이다 보면 대지와 구름 사이에 전위차가 커져 공기의 절연을 파괴할 수 있는 정도가 된다. 이때에, 갑자기, 순간적으로 방전이 일어나면서 무서운 빛과 열이 발생하는 데 이것을 번개라고 부르고 있는 것이다.

　천둥이란 번개가 칠 때, 즉, 무서운 빛과 열이 발생

할 때, 이 발생하는 열에 의해 주변의 공기가 순간적으로 가열되고, 이 가열된 공기가 충격파를 만들며 이로 인해 천둥 소리가 발생한다. 가령 빛이 번쩍하고 10초 후에 천둥소리가 들렸다고 하면, 빛의 속도는 30만km이고, 음속은 340m이기 때문에, 우리가 서 있는 곳으로부터 3,400m 지점에서 번개가 쳤다는 것을 알 수가 있다. 가까운 곳에서 일어난 번개는 꽝 하고 단발적인 천둥소리를 내는 반면, 먼곳에서 발생한 번개는 수많은 산과 공기와 지형 등에 반사되기 때문에, 우르르 꽝꽝 연속적인 폭발음을 내게 된다.

장석원 시인의 「울어라 천둥」은 자연의 천둥이 아니라, "몸 버리고/ 떠난 그 사람"에 대한 슬픔의 천둥이자 통곡의 천둥이라고 할 수가 있다. 자연사도 있고, 돌연사도 있다. 의문의 죽음도 있고, 요절이나 비명횡사의 죽음도 있다. 자연사란 천수를 다하고 때맞추어 간 죽음을 말하고, 돌연사란 너무나도 뜻밖에 일어난 죽음을 말한다. 의문사란 자연의 순리가 아닌 자살이나 타살 등의 죽음을 말하고, 요절이나 비명횡사는 수많은 질병이나 이 세상의 삶의 압력에 의한 너무나도 안타깝고 서러운 죽음을 말한다. 장석원 시인의

"몸 버리고/ 떠난 그 사람/ 염하는데// 그 몸 두고/ 차갑게 우는/ 꽃의 봄"의 시구들을 유추해보면 그 사람은 요절이나 비명횡사해간 사람이라고 할 수가 있을 것이다. 몸 버리고 떠난 그 사람은 자살을 뜻할 수도 있고, 이 세상에다가 몸을 버리고 하늘로 승천한 사람을 뜻할 수도 있다.

화장터의 염습의 시간ㅡ. 화목火木의 재가 구름으로 피어나고, "나의 피"가 하늘의 불꽃(노을)이 되고, 그의 불타는 몸은 훨훨훨 하늘 나라로 날아간다. 때이른 죽음이나 너무나도 안타까운 죽음은 슬픔이 되고, 슬픔은 번개ㅡ불꽃이 된다. 번개ㅡ불꽃은 울음과 통곡이 되고, 울음과 통곡은 천지개벽적인 폭우가 된다. 그 사람의 몸은 화목의 재가 될 때까지 이글이글 타오르고, 차갑게 우는 꽃의 봄은 물이 된다. 이 따뜻한 구름과 차가운 구름이 맞부딪쳐 천둥 번개가 되고, 이 세상은 「울어라 천둥」의 세계가 된다.

"火木의 재/ 묻은 구름/ 피네 나의 피네/ 피네 피네 하늘에/ 불꽃/ 꽃 내/ 묻은 그 몸/ 훨훨 날아가네."

요절과 비명횡사는 슬픔이며, 슬픔은 번개이고 불꽃이며, 따라서 이 세상에서 가장 크고 장중한 천둥소리가 들려오게 된다.

나는 너희들에게 장석원 시인의 「울어라 천둥」을 들려주고자 한다.

우는 천둥은 그 사람이고 시인이며, 우는 천둥은 꽃의 봄이고, 이 세상에서 가장 크고 장중한 울음의 대폭발 소리이기도 한 것이다.

황상순
불량 채무자

해마다 꽃을 피우는 것
그 꽃을 바라보는 건 다 무료인 줄 알았다
봄날 아침 한꺼번에 청구서를 받는다
더 이상 공짜는 없다,
방구석에 그냥 콕 처박혀 있거라
늘리며 사는 게 쉬운 일 아니지만
살림 줄여 사는 것은 더더욱 어려운 법
자가 격리 사회적 거리두기
내 생전 처음 겪어보는 낯선 거래다만
살림 거덜 나 길바닥에 나앉아도
널 어찌 그냥 보내랴
삼수갑산 가더라도 꽃구경은 해야겠네
꽃보다 예쁜 봄처녀도 봐야겠네
빚 계속 불어나 파산관재인이 찾아오면
염병할, 다 가져 가거라
주저 없이 훌훌 몸으로 때우리라.

자연은 종의 건강과 종의 균형을 대단히 중요시 하며, 어느 것 하나 우연히 탄생한 것이 없다. 바이러스도 소중하고, 세균도 소중하며, 미생물도 소중하다. 나무와 풀들도 소중하고, 물과 불도 소중하고, 공기와 흙도 소중하다. 금과 은도 소중하고, 인간과 동물도 소중하고, 빛과 소금도 소중하다. 이처럼 다양한 생물들과 사물들이 있기 때문에 종의 건강과 종의 균형이 이루어지고 있는 것이며, 이 자연의 법칙, 이 종의 질서가 무너지면 그것이 회복되기까지는 엄청난 대재앙을 겪지 않으면 안 된다. 사시사철 비만 오면 어떻게 될 것이고, 사시사철 뙤약볕만 내려쬐면 어떻게 될 것인가? 일년 내내 눈보라만 내려치면 어떻게 될 것이고, 수많은 동물들이 아닌 육식동물들만이 존재한다면 어떻게 될 것인가? 병든 소와 나무들만이 있고, 건강한 소와 나무들이 없다면 어떻게 될 것이고, 건강한 소와 나무

들만이 있고, 병든 소와 나무들이 없다면 어떻게 될 것인가? 요컨대 종의 건강과 종의 균형이 무너지면 이 지구촌의 모든 생명체들이 그 운명을 다하게 될 것이다.

프로이트의 말대로, 문화의 직책은 자연으로부터 인간을 보호하는 것이며, 이러한 노력으로부터 문명의 성취가 이루어진다고 할 수가 있다. 사나운 추위와 혹독한 자연환경, 일조량의 부족과 식량의 부족, 절대적인 기아와 질병 등은 서양인들의 삶의 조건이었으며, 그들은 이 나쁜 자연과 싸우며, 이 자연을 정복했다고 큰소리를 치게 되었던 것이다.

하지만, 그러나 인간이 자연을 정복하고 만물의 영장이 되었다고 선언하는 순간, 그토록 무섭고 끔찍한 자연의 복수가 시작되었다고 할 수가 있다. 세계적인 대유행병 '코로나 19'―, 인류의 역사상 이처럼 끔찍하고 불길한 자연의 재앙은 없었지만, '코로나 19'는 우리 인간들이 자초한 대유행병에 지나지 않는다. 건강과 질병 사이에 균형이 이루어지고, 종과 종들 사이에 균형이 이루어져야 하는 것처럼, 지난 100여 년 동안 너무나도 폭발적인 인구 증가와 함께, 항생제의 남용은 더욱더 강력한 내성을 지닌 바이러스의 출현을 예

고하고 있었던 것이다. 하나의 질병이 퇴치되었다고 하는 순간 새로운 질병이 나타나듯이, 어떤 질병도 근본적으로 퇴치되는 것이 아니다. 모든 의학의 성과는 일시적이고 잠정적인 것이며, 그것은 더 큰 재앙과 오류 위에 기초해 있는 것이다. 항생제를 필요 이상으로 남용하게 되면 그 어떤 세균들과 바이러스들도 퇴치할 수 없고, 약물과 마약에 중독되면 그 주체자의 건강은 회복되지 않는다.

황상순 시인의 「불량 채무자」는 문명과 문화의 혜택에 편승한 시인이며, 먹고 사는 문제가 아닌 여가선용과 놀이문화에 중독된 불량 채무자라고 할 수가 있다. 채권자는 자연, 즉, 코로나 19이고, 채무자는 자연을 파괴하며 약(항생제)을 남용한 시적 화자이다. 인간은 일을 좋아하지 않으며, 인간의 욕망을 규제하자는 어떤 제안도 성공한 적이 없다. 따라서 "해마다 꽃을 피우는 것/ 그 꽃을 바라보는 건 다 무료인 줄 알았"던 것이고, "늘리며 사는 게 쉬운 일 아니지만/ 살림 줄여 사는 것은 더더욱 어려운 법"이라는 시구처럼 "자가 격리 사회적 거리두기"를 더 이상 지킬 수 없다고 최후의 발악과도 같은 난동을 부려보고 있는 것이다. 요컨

대 "더 이상 공짜는 없다"고 하지만, "살림 거덜 나 길바닥에 나앉아" "삼수갑산에 가더라도 꽃구경은 해야겠"고, "꽃보다 예쁜 봄처녀도 만나 봐야겠"다는 것이다. 이성은 광기가 되고, 광기는 항생제나 마약중독증의 환자가 된다.

> 빚 계속 불어나 파산관재인이 찾아오면
> 염병할, 다 가져 가거라
> 주저 없이 홀홀 몸으로 때우리라.

이렇게 죽으나 저렇게 죽으나 죽는 것은 마찬가지이고, 좀 더 오래 살거나 좀 더 일찍 죽거나 아무런 차이도 없다. 해마다, 봄마다 살림이 거덜나더라도 꽃구경은 가야 하고, 비록 죄를 짓고 삼수갑산에 가게 될지라도 꽃보다 예쁜 봄처녀도 만나야 한다.

꽃과 봄처녀는 아름답고, 아름다운 것은 중독성이 있다. 이 아름다움 때문에 누구나 중독자가 되고, 영원한 불량 채무자가 된다.

황상순 시인, 아니 모든 시인들은 이 세상에서 가장 질이 나쁜 불량 채무자이고, 그까짓 꽃구경 때문에 자

기 자신의 목숨과 그 모든 것을 다 거는 바보라고 하
지 않을 수가 없다.

유성식

조화造花

나를 가짜라 부르지 마라
나는 너희들 못지않게 아름답다

내게 향기가 없다 하지 마라.
나는 너희들처럼 악취를 풍기지 않는다.

조화造花란 무엇인가? 조화란 종이와 천과 비닐, 또는 플라스틱을 재료로 하여 인공적으로 만든 꽃을 말한다. 화무십일홍花無十日紅이란 말이 있듯이, 꽃은 열흘을 못가며 꽃이 떨어질 때는 더없이 추하고 쓸쓸한 마음을 가져다가 준다. 이처럼, 꽃의 한계를 보완하기 위하여 등장한 것이 조화이며, 이 조화는 꽃의 대용품으로 오늘날 폭발적으로 그 수효가 늘어나고 있다고 해도 과언이 아니다. 조화는 생화 못지 않게 아름답고, 조화는 향기는 없지만 악취는 풍기지 않으며, 생화는 아주 짧고 유한하지만, 조화는 영원한 생명력을 자랑한다.

　　유성식 시인의 「조화造花」는 '조화'에 대한 역사 철학적인 성찰의 시이며, 우리 인간들의 허위의식을 비판한 시라고 할 수가 있다. 조화는 꽃의 대용품일 뿐 조화가 진짜의 지위를 넘 본 적도 없다. 조화는 인간의 뜻대로 사무실이든, 공원묘지이든, 국립묘지이든간에

그 자리를 빛내고 있을 뿐, 진짜 꽃만을 찾는 너희들처럼 악취를 풍긴 적도 없다. "나를 가짜라 부르지 마라/ 나는 너희들 못지않게 아름답다." "내게 향기가 없다 하지 마라/ 나는 너희들처럼 악취를 풍기지 않는다."

하지만, 그러나 이 세상에는 꽃을 이용하여 타인과 이웃들의 마음을 훔치고, 그 사기를 직업으로 삼는 사람들이 너무나도 많은 것이다. 한 바구니의 꽃다발로 돈 많은 과부와 홀아비들의 마음을 훔치고, 한 바구니의 꽃다발로 수많은 여인들의 정조와 전재산을 가로채간다. 눈물과 콧물로 '인간애의 꽃'을 피우고, 달면 삼키고 쓰면 뱉어버린다. 바로 이러한 인간들이야 말로 인간의 탈을 쓴 짝퉁(가짜)들이며, 사랑과 평화와 행복의 마을에 더없이 더럽고 역겨운 악취를 풍기는 인간들이라고 할 수가 있다.

조화는 아름답고, 조화는 배신과 음모를 때리지 않으며, 조화는 악취를 풍기지 않는다.

신명옥
현자와 아이

너는 나를 아이로 보고 나는 너를 현자로 본다

너는 나의 물정 모르는 천진이 딱했을까

나는 너의 전지전능한 폼이 불편했을까

현자의 감정과 아이의 감정

그 사이에 놓인 거리를 좁히지 못한 것은

누구의 탓이 아니다

동등한 자리가 아닌 영혼은 낯설어

접점을 찾아 무의식의 협곡을 헤매는 것

돼지 눈에는 돼지만 보이고 부처 눈에는 부처만 보

인다면

나를 아이로 보는 네가 아이이고

너를 현자로 보는 내가 현자 아닌가

현자는 자신의 한계를 알지만

아이는 자신의 한계를 모르는 것

어느 날 네가 아이로 보이고 내가 현자로 보인다면

이 변화는 성장인가, 퇴행인가
내가 누구인지, 네가 누구인지
믿음과 의심이 시소를 통해 제자리 찾는 것이라면
아이가 될 수 있는 게 현자이고
현자가 될 수 있는 게 아이인 것
백년이 지난 후에야 깨달은 것

📖

일찍이 니체는 그의 책에서 이렇게 말한 적이 있었다.

나는 너희에게 정신의 세 가지 변용을 들겠다. 곧 정신이 낙타가 되고, 낙타가 사자가 되고, 사자가 마침내 어린아이가 되는 변용을……(『짜라투스르라는 이렇게 말했다』)

모든 영웅들은 이 세상에서 가장 무거운 짐을 지고 출발했으며, 가장 무거운 짐은 동시대의 사회적 과제라고 할 수가 있었던 것이다. 가장 무거운 짐을 지는 데에는 낙타의 정신이 필요했지만, 그러나 가장 무거운 짐을 지고 그 목표를 달성하는 데에는 사자의 정신이 필요했던 것이다. 백수의 왕인 사자는 그 어떠한 적도 무서워하지 않으며, 부처처럼, 예수처럼, 이 세상의 그 모든 가치관들을 전복시키고 단숨에 그의 이상국가

를 창출해낼 수가 있었던 것이다.

하지만, 그러나 그의 이상국가가 완성되는 순간, 천하무적의 사자의 모습은 온데간데 없이 사라지고, 이 세상에서 가장 천진스러운 어린아이가 나타나게 된다. 낙타는 사자가 되고, 사자는 어린아이가 되고, 어린아이는 새로운 세상의 새 주인공(부처, 예수)이 된 것이다. 이 '세계영웅신화의 주제'에 따르면 어린아이와 현자는 둘이 아닌 하나이며, 신명옥 시인의 「현자와 아이」 역시도 이 '세계영웅신화의 주제'를 노래한 것이라고 할 수가 있다. 어린아이는 티없이 맑고 천진하기 때문에 현자와도 같고, 어진 현자는 이 세상의 그 모든 이치를 다 터득했기 때문에 티없이 맑고 천진한 어린아와도 같다.

현자와 어린아이—. 그러나 대부분의 사람들은 이 영웅신화의 근본주제를 모르기 때문에, 어린아이를 바보로 보고, 어린아이는 대부분의 현자들을 자기과시적인 오만방자한 인물로 본다. "너는 나를 아이로 보고 나는 너를 현자로 본다." 너는 세상 물정 모르는 나를 딱하게 생각하고, 나는 너의 자기과시적인 오만방자함을 싫어한다. 이처럼 현자의 감정과 아이의 감정, 즉,

너와 나 사이에 놓인 거리를 좁히지 못한 것은 그 누구의 탓도 아니다. 돼지 눈에는 돼지만 보이고, 부처 눈에는 부처만 보인다. 어린아이 눈에는 어린아이만 보이고, 현자의 눈에는 현자만 보인다. 이처럼 상호 주관적인 편견과 아집에만 빠져 있는 한, 어린아이가 현자가 되고, 현자가 어린아이가 되는 존재론적 사건, 즉, 세계영웅신화는 이해할 수가 없게 된다.

소크라테스는 '악법도 법이다'라는 말을 남기고 한 사발의 독배를 마시고 죽어갔고, 데카르트는 '나는 생각한다, 고로 존재한다'라는 말을 남기고 머나 먼 이역 땅에서 죽어갔다. 영원한 제국을 건설하고자 했던 알렉산더 대왕은 서른세 살의 나이에 비명횡사했고, 나폴레옹 황제는 '불가능은 없다'라는 말을 남기고, 고도孤島 세인트 헬라나에서 죽어갔다. 소크라테스, 데카르트, 알렉산더 대왕, 나폴레옹 황제는 '낙타―사자―어린아이', 즉, 세계영웅신화의 주인공과도 같은 인물들이며, 그들의 삶과 죽음을 살펴보면 현자와 아이는 둘이 아닌 하나라는 사실을 알게 될 것이다. 아이는 현자가 되고, 현자는 아이가 된다. 이처럼 아이와 현자가 하나로 이해될 때, 모든 대립과 갈등이 해소되고, 새로

운 시대의 새로운 이상국가가 탄생하게 되는 것이다. 극락과 천국은 영원한 이상국가이며, 천하무적의 어린 아이들이 살고 있는 곳이라고 할 수가 있다.

　신명옥 시인의 「현자와 아이」―.

　어린아이와 현자는 이상국가의 영원한 주인공들이며, 그 모든 것이 가능하고 어느 것 하나 부족하지 않은 행복을 연주하게 된다.

　자기가 자기 자신의 국가를 건설하고, 자기 스스로 자기 자신의 말로 법을 만들고, 자기가 자기 스스로를 다스릴 수 있는 '놀이문화의 국가'(이상국가)가 「현자와 아이」의 세계라고 할 수가 있다.

노혜봉

색채 예보

지금은 안개 색, 안개 색과 놀아 주어야 할 때,
그대가 내 심장의 관상동맥 한 혈관을 막았을 때,
죽음이라는 숨턱을 넘는 것이 숨 쉬는 것보다 쉬울
때,

여기는 안개 색,
허우적거릴 뿐, 부유스름한 물살에서
세차면서도 부드러운 물너울을 타고 얼굴이 잠길 뿐,
사방은 온통 물안개바다.
잠의 눈꺼풀이 마냥 무거울 뿐,
잔잔한 물살에 몸을 맡긴 채,
기진맥진 나뭇가지를 부여잡을 뿐,
(엄마, 어머니, 어머니……)

저 멀리서 갑자기 잠이 환하게 촛불을 들어올렸다

―엄마, 나예요, 나, 울음에 목 쉰 소리
―응, 여기가 어디지, 가슴뼈를 송곳이 마구 찔렀다
분당 서울 대학 병원 그물 시술 중환자실

그대가 내 가슴을 쥐고 목숨 줄을 꽉 조였을 때,
어두운 숲길 내 시간이 그루터기에 걸려 쓰러져 있
었다
죽음이란 유혹, 알약에 취해 실컷 몸과 놀고 싶었다

내 명줄을 딸이 꽉 잡고 있었다
하늘 한 조각이 꽉 내 발목을 잡고 있었다
살아 봐, 살아 보는 거야,
개똥밭에 굴러도 뒹굴며 살아 봐,
엷은 보라색, 보라색은 신비한 하늘색이지
새로 태어나는 색이지, 신새벽 저 창문을 봐,
오롯이 보이는 새별, 개밥바라기별을 다소곳 바라 봐.

안개란 무엇인가? 안개란 지표면 가까이에 아주 작은 물방울이 수증기처럼 부옇게 떠있는 것을 말하지만, 그러나 이 '안개'라는 말은 매우 다양하고 수많은 의미를 지니고 있다고 할 수가 있다. "그 사건이 어떻게 해결될는지 아직은 안개 속이다", "그녀의 사생활은 안개에 덮여 있다"고 할 때의 안개는 어떤 사건이나 사고가 모호하다는 것을 말하고, 그는 "어떤 사실을 숨기기 위해 안개를 피웠다"고 할 때의 안개는 진실을 밝히기 보다는 은폐의 수단으로 사용되는 것을 말한다. 오리무중五里霧中이란 안개가 넓디 넓게 펼쳐져 있어 어떤 사건이나 그 사람들의 행적을 알 수가 없다는 것을 뜻하고, 따라서 안개는 그 불가시적인 특성 때문에 대부분이 불길하고 음험한 사건과 사고를 지시하고 있다고 할 수가 있다.

노혜봉 시인의 「색채 예보」의 무대는 생과 사를 넘어

선 대학병원이며, 그 안개 속에서, 그 안개의 위험성을 극복하고 피워올린 "엷은 보라색", 즉, 생명의 "개밥바라기별"이라고 할 수가 있다. 저승사자, 즉, "그대가 내 심장의 관상동맥 한 혈관을 막았을 때"는 숨을 쉬는 것보다는 "죽음이라는 숨턱을 넘는 것이" 더 쉬울 때였던 것이고, "여기는 안개 색"이고, "사방은 온통 물안개바다" 뿐이었던 것이다. 따라서 그 부유스름한 물살 속에서 "잠의 눈꺼풀이 마냥 무거웠울 뿐", 기진맥진 나뭇가지를 부여잡고, "엄마, 어머니, 어머니"를 부르고 있었을 뿐이었던 것이다. 꿈인지 생시인지도 모르고 있었고, 저승인지 이승인지, 또는 살아 있는지 죽었는지도 모르고 있었던 것이다. 비몽사몽, 즉, 그 오리무중의 안개 속에서 "엄마, 어머니, 어머니"를 부르고 있을 때, "분당 서울 대학 병원 그물 시술 중환자실"에서 "엄마, 나예요, 나"라는 딸의 목 쉰 소리가 들려왔고, "저 멀리서 갑자기 잠이 환하게 촛불"이 나타났던 것이다. 하늘은 스스로 돕는 자를 도우며, 그 모든 기적을 주재한다. 비록, "그대가 내 가슴을 쥐고 목숨 줄을 꽉 조였"고, "죽음이란 유혹, 알약에 취해 실컷 몸과 놀고 싶었"지만, 그러나 "엄마, 어머니, 어머니"라

는 삶에의 의지가 하늘을 감동시킨 것이다.

　딸 아이가 내 명줄을 꽉 잡고 있었고, 하늘 한 조각
이 꽉 내 발목을 잡고 있었다. "엷은 보라색"은 "신비
한 하늘색"이고, 신비한 하늘색은 "새로 태어나는 색"
이다. "살아 봐, 살아 보는 거야/ 개똥밭에 굴러도 뒹굴
며 살아 봐"라고, 신새벽 창문을 열어보면 오롯이 보이
는 새별, 즉, 개밥바라기별이 떠오르고 있었던 것이다.

　새벽에, 동쪽 하늘에 매우 밝게 떠오르는 별이 금성
이며, 이 금성을 새벽에는 샛별로, 저녁 때에는 개밥바
라기별이라고 부른다. 노혜봉 시인의 「색채 예보」는 그
시적 주제상, 새로운 생명을 뜻하는 샛별에 더 가깝지
만, 그러나 더욱더 무한하고 끈질긴 생명력을 뜻하는
'개밥바라기별'과 함께 그 의미를 혼용시켰다고 할 수
가 있다. 색채 예보는 우주적인 숨쉬기이고, 생명이며,
색채예보는 샛별이고 개밥바라기별이다. 산다는 것은
개똥밭에 굴러도 더욱더 즐겁고 신나는 것이고, 산다
는 것은 그 삶에의 의지로 온 세상을 밝히는 샛별이 되
는 것이다.

　명예와 생명은 하나이고, 대부부의 시인들은 오점없
는 명예를 살고자 한다. 죽은 정승이 살아 있는 개만

도 못하고, 대부분의 사람들은 명예보다는 삶을 택한다. 노혜봉 시인은 이 명예와 불명예를 변증법적으로 결합시켜「색채 예보」라는 시를 탄생시키고, 개처럼 강인하고 자유분방한 삶의 의지에다가 첫 새벽의 여명을 알리는 샛별을 그 엷은 보라색으로 완성해낸 것이다.

노혜봉 시인의「색채 예보」는 개밥바라기별의 더러움을 샛별의 순결함으로 씻어주고, 샛별의 짧은 생명력을 개밥바라기별의 영원한 생명력으로 보완해 준다. 개밥바라기별은 샛별의 물질적 토대가 되고, 샛별은 개밥바라기별의 정신적 토대가 된다. 선도「색채 예보」이고, 악도「색채 예보」이다. 노혜봉 시인의「색채 예보」란 선과 악, 또는 명예와 불명예를 초월한 삶에의 의지이며, 이 삶에의 의지가 연보라색 샛별로 완성된 시라고 할 수가 있다.

아름다움, 또는 시란 무엇인가? 시는 삶의 의지이며, 삶의 의지만이 아름답다.

문정희
치마

벌써 남자들은 그곳에
심상치 않은 것이 있음을 안다
치마 속에 확실히 무언가 있기는 하다

가만 두면 사라지는 달을 감추고
뜨겁게 불어오는 회오리 같은 것
대리석 두 기둥으로 받쳐든 신전에
어쩌면 신이 살고 있을지도 모른다

그 은밀한 곳에서 일어나는
흥망의 비밀이 궁금하여
남자들은 평생 신전 주위를 맴도는 관광객이다

굳이 아니라면 신의 후손일지도 모른다
그래서 그들은 자꾸 족보를 확인하고

후계자를 만들려고 애쓴다

치마 속에 확실히 무언가 있다
여자들이 감춘 바다가 있을지도 모른다

참혹하게 아름다운 갯벌이 있고
꿈꾸는 조개들이 살고 있는 바다

한번 들어가면 영원히 죽는
허무한 동굴?
놀라운 것은
그 힘은 벗었을 때 더욱 눈부시다는 것이다

치마는 저고리와 함께 입는 여자들의 하의이며, 옛날 문헌에는 상裳, 군裙으로 되어 있다. 치마는 바느질법에 따라 홑치마와 겹치마로 구분되며, 긴 치마와 짧은 통치마 등이 있고, 오늘날에는 서양식의 스커트가 대세를 이루고 있다고 할 수가 있다.

　문정희 시인의 「치마」의 주제는 '치마'가 아닌, "치마 속에 확실히 무언가 있기는 하다"라는 시구처럼, 그 치마가 감추고 있는 것이라고 할 수가 있다. 남자들은 벌써 그곳에 심상치 않은 것이 있음을 알고 있고, "가만 두면 사라지는 달을 감추고/ 뜨겁게 불어오는 회오리 같은 것"이 있음을 알고 있다. 그렇다. "대리석 두 기둥으로 받쳐든 신전에/ 어쩌면 신이 살고 있는 것인지도 모른다."

　순 우리말로 보지는 여성의 생식기이며 꽃이고, 이 보지 속에는 자궁이 있으며 종족의 신이 살고 있다. 암

수, 즉, 남녀간의 사랑을 불륜으로 규정하고, 심지어는 가장 중요한 부위를 입에 담는 것조차 금기시 하는 동물은 우리 인간들 밖에는 없을 것이다. 문화란 자연에 반하는 인간의 삶의 양식이며, 종족의 보존과 성의 분배를 도덕과 법으로 정하고 그것을 강제하다 보니까, 문정희 시인의「치마」같은 시가 씌어지게 된 것이다.

대리석 두 기둥으로 받쳐든 신전에는 종족의 신이 살고 있고, 한 달에 한번씩 배란을 하고, 임신이 되지 않으면 생리를 하게 된다. "가만 두면 사라지는 달을 감추고/ 뜨겁게 불어오는 회오리 같은 것"은 배란과 생리 현상에 대한 시적 표현이며, "그 은밀한 곳에서 일어나는/ 흥망의 비밀이 궁금하여/ 남자들은 평생 신전 주위를 맴도는 관광객이다"라는 시구는 자기 짝을 찾아 "신의 후손"을 만들고 싶은 남자들의 성적 욕망을 말한다. 이 세상에서 가장 중요한 것은 종의 번영이며, 따라서 남자들은 단순한 관광객이 아닌 사생결단식의 자살특공대가 된다. 여성의 아름다움을 통해서 종의 미래와 종의 건강을 바라보고, "그래서 그들은 자꾸 족보를 확인하고/ 후계자를 만들려고" 사생결단식의 혈투를 벌이고 있는 것이다.

순 우리말로 보지는 여성의 생식기이며 꽃이고, 자지는 남성의 생식기이며 씨앗이다. "치마 속에 확실히 무언가"가 있고, 그 비옥한 텃밭에는 수많은 벌과 나비들이 찾아온다. 「치마」는 종족의 미래의 운명이 달린 투쟁의 장이며, "한번 들어가면 영원히 죽는/ 허무한 동굴"이 있는 곳이다. 탄생은 죽음의 첫걸음이라는 말이 있듯이, 성교는 자기 수명을 단축시키며 그 후손들을 남기려는 더없이 경건하고 성스러운 행위라고 할 수가 있다.

　보지, 자궁, 여자들이 감춘 바다―. 그곳에는 참혹하게 아름다운 갯벌이 있고, 꿈꾸는 조개들이 살고 있다. 참혹하게 아름다운 갯벌은 생사를 넘어선 투쟁의 장소를 말하고, 꿈꾸는 조개들이 살고 있는 바다는 우리 인간들, 즉, "신의 후손들"을 말한다.

　"한번 들어가면 영원히 죽는/ 허무한 동굴", 아니, 아름다운 여인이 치마를 벗었을 때, 그 유혹을 이겨내는 남자들이 있을까?

　무조건 들이대고 볼 것이다.

　치마는 꽃이고 성기이고, 치마는 더없이 거룩하고

성스러운 신전이다. 치마 속에서 삶의 투쟁이 일어나고, 치마 속에서 후손들이 태어나고, 치마 속에서 이 세상의 삶이 끝난다.

치마는 바다이고 갯벌이며, 치마는 영원히 생과 사를 거듭하는 삶의 터전이다.

치마 속에는 천국과 지옥이 있고, 우리 인간들의 삶이 있다.

유홍준
모란

고향 흙을 담아
꽃을 심는다

고향 흙은 푸슬푸슬하다
고향 흙은 자꾸만 어딘가로 가려고 한다

내 고향 흙은 마사토, 아무리 뭉쳐도 뭉쳐지지가 않
는다
일평생 뭉쳐도
내 마음은
도대체 뭉쳐지지를 않는다

어떤 꽃을 심어도 내 고향 흙은 붉은 꽃만을 피운다

모란은 작약과의 낙엽관목이며, 이 세상에서 가장 아름답고 예쁜 꽃이라고 할 수가 있다. '꽃중의 왕'이라는 뜻으로 '화중지왕花中之王'으로 불리우기도 하고, 한 나라에서 가장 빼어난 향을 지녔다고 하여 '국색천향國色天香'으로 불리우기도 한다. 모란은 대표적인 관상 목적의 원예품종이지만, 그 뿌리는 한약재로 사용하기도 한다.

　마사토란 각종 암석이 풍화작용으로 생성된 흙이며, 순수한 우리 말로는 굵은 모래라고 할 수가 있다. 마사토는 입자가 굵고 배수가 잘될 뿐만 아니라 각종 화학물질이나 세균에도 오염되지 않으며, 그래서 동식물에게도 무해하며, 식물이나 꽃을 재배하는 데에 아주 유용하다고 할 수가 있다.

　유홍준 시인의 「모란」은 고향의 흙인 마사토와 모란을 아주 탁월하게 결합시킨 시이며, 그의 고향에 대한

사랑이 일편단심의 붉은 꽃으로 피어난 서정시라고 할
수가 있다. 아주 짧은 9행의 단시임에도 불구하고, '고
향 흙'이란 말을 다섯 번씩이나 사용하고, "고향 흙을
담아/ 꽃을 심는다"라는 행위를 너무나도 분명하고 확
고한 음성으로 강조를 하고 있는 것이다. 고향 흙에 대
한 강조는 지금 현재 살고 있는 곳은 타향이며, 이 타향
살이가 너무나도 어렵고 힘들다는 것을 뜻하게 된다.
타향살이란 뿌리 뽑힌 자의 삶이며, 말과 기후와 풍토
가 다르고 모든 것이 낯설어 그 고장에 잘 적응이 되
지 않는다는 것을 뜻한다. 타향살이가 어렵고 힘들수
록 고향에 대한 사랑은 더욱더 간절해지고, 그것에 대
한 보상심리로서 고향의 흙인 마사토를 담아와 모란꽃
을 심고 있는 것인지도 모른다.

　고향 흙은 푸슬푸슬하고, 고향 흙은 자꾸만 어딘가
로 가려고 한다. "내 고향 흙은 마사토, 아무리 뭉쳐도
뭉쳐지지가 않"으며, "일평생 뭉쳐도" "내 마음" 역시
"도대체 뭉쳐지지를 않는다." 마사토도 고향 흙의 상
징이고, 모란도 고향 꽃의 상징이며, 유홍준 시인도 고
향 시인의 상징이다. 마사토와 유홍준 시인과 모란―,
이 삼위일체의 정신이 '꽃중의 꽃'인 모란으로 활짝 피

어난 것이다.

국가가 있고, 국민이 있고, 내가 있다. 고향이 있고, 고향 사람들이 있고, 내가 있다. 조국과 고향을 잃어버린 사람들은 자유와 평화와 사랑을 잃어버린 사람들이며, 자기 자신의 주체성을 잃어버리고, 타인들의 말과 그 명령에 복종하는 삶을 살게 된다. 일을 하면서도 그 일의 성과에 소외를 당하고, 타인들과 관계를 맺으면서도 그 사람들로부터 소위 '왕따'를 당한다. 타향살이란 마사토와도 같이 자꾸만 고향으로 돌아가려고 하고, 이 정착할 수 없는 마음이 "어떤 꽃을 심어도 내 고향 흙은 붉은 꽃만을 피운다"라는 잠언적인 시구를 낳게 하고 있는 것이다.

주인 의식은 행복한 의식이 되고, 노예의 의식은 불행한 의식이 된다. 노예란 생명 있는 도구와도 같은 존재이며, 타향살이란 이 노예와도 같은 삶에 지나지 않는다.

타향살이의 서러움이 마사토가 되고, 이 불행한 의식과 이 마사토의 힘으로 꽃중의 꽃인 모란이 활짝 피어난 것이다.

김소형

점령군

햇빛이 무섭게 환하다
커튼을 젖히고 창문을 뚫고
방 한가운데 자리잡았다

허락도 없이 무슨 무례냐고 말하려 했는데
그만 마음이 설레 아무 말 없이
커튼을 더 제꼈다

베개 속이며 이불 속이며
속이란 속은 다 꺼내놓는다
기꺼운 투항이다

나도 훌훌 항아리 하나로 앉았다
온몸을 햇빛이 점령하도록
내 몸이 가뭇없이 사라진다

야행성 동물들을 제외하고는 모든 생명체들은 이 세상에서 가장 소중한 것은 태양이라고 말할 것이다. 태양이 있기 때문에 날이 밝아오며 하루의 일과가 시작되고, 태양이 있기 때문에 모든 식물들이 광합성 작용을 하며 자기 자신의 삶을 살아가게 된다. 태양은 천지창조주와도 같고, 이 천지창조주와도 같은 아버지의 보살핌에 의하여 우리가 일을 하고 모든 식량과 에너지를 얻게 된다. 육친의 아버지가 생명을 주신 아버지라면 하늘의 아버지(태양)는 이 세상의 삶을 주신 아버지라고 할 수가 있다.

극북지방에 사는 사람들은 만성 우울증에 시달리기 쉬우며, 이 만성 우울증은 햇볕을 충분히 쪼이지 못할 때 생겨난다. 햇볕을 충분히 쪼이지 못하면 비타민 D가 부족해지고, 인체의 면역기능도 떨어지게 된다. 이에 반하여, 햇볕을 충분히 쪼이게 되면 몸과 마

음이 건강해지고, 늘, 항상, 즐겁고 기쁜 마음으로 일상생활을 해나갈 수가 있다. 햇빛이 부족하다는 것, 즉, 일조량이 부족하다는 것은 최악의 극북지방을 말하게 되고, 그것은 모든 생명체들의 죽음으로 이어지게 될 것이다.

김소형 시인의 「점령군」은 상상력의 혁명이며, 기존의 언어를 새롭게 창조해낸 서정시라고 할 수가 있다. 점령군은 아버지가 되고, 아버지는 구세주가 되고, 구세주는 이 세상에서 가장 즐겁고 기쁜 백기투항을 하게 만든다. 무섭게 환한 햇빛은 하늘의 선물이 되고, 시인의 의사와는 상관없는 무례함은 자발적인 충성의 신호탄이 된다. 나의 구세주인 햇빛 점령군, 너무나도 가슴이 뛰고 마음이 설레여 커튼을 다 젖히고 "베개 속이며 이불 속이며/ 속이란 속은 다 꺼내"놓고, 투항을 하게 만드는 햇빛 점령군, 마침내 시인도 모든 옷을 다 벗고 "훌훌 항아리 하나로" 앉아 온몸을 기꺼이 탐닉하도록 하게 만드는 햇빛 점령군―.

점령군이란 자유와 생명과 재산을 다 가로채 간 약탈자와도 같은 말이고, 투항 역시도 사회적 약자, 혹은 원주민이 그 어떤 도전이나 저항 의지가 없다는 것을

말한다. 이 점령군과 투항이란 부정적인 언어를 긍정적인 언어로 변모시키고, 새로운 희망과 삶의 찬가를 부른 것이 김소형 시인의 천재성일 것이다. 천재란 하늘이 빚어낸 시인을 말하고, 그 언어의 힘이 태양으로 떠오르고 있는 것이다. 시인의 언어는 하늘의 태양이고 천지창조주이며, 시인의 언어는 전지전능한 구세주이고 그 모든 것의 기원이다. 시인의 언어는 모든 혁명의 기원이며, 시인의 언어가 있기 때문에 우리는 날이면 날마다 새로운 세상의 삶을 살게 된다.

시인의 언어는 아침 해이고, 저녁 노을이며, 영원히 지지 않는 태양이다.

지름이 139만 2천km이며 질량이 지구의 33만 배인 태양, 2억년 주기로 은하계를 공전하며 그토록 엄청난 에너지로 이 지구촌의 생명체를 살게 하는 태양, 비록, 수천억 개의 별 중에서 아주 평범한 별에 불과하지만, 이 지구촌에서는 더없이 소중하고 거룩한 태양―.

시인의 언어로 아침 해가 뜨고, 서산의 해가 진다. 시인의 언어로 서산의 해가 지고, 또다시 아침 해가 떠오른다.

임태래
사막여우가 사는 사막에는

삭막한 사막이
아름다울 수가 있다
누군가가 걸으며 고통의 짐을
모래 위에 풀어 놓고
어딘가에 있을 오아시스를 꿈꾸었으리니

사막에 귀가 큰 여우
귀여운 사막여우가 산다
귀가 큰 것은 땅속의 작은 소리도
들으라는 것이며
서로 사랑하라는 말도
듣지 못하는 이를 위해
사막여우가 사막에 산다

사막의 모래가 많은 것은

모래 수만큼 참아 보라는 거고
주어도 부족함이 없는 사랑을
해보라는 것이다

사막의 밤낮이 다른 것은
시린 밤은 낮의 뜨거운 때를
불타는 낮에는 아리도록 시린
아픈 밤을 기억하라는 것이다

사막의 밤하늘을 보았는가
파란 하늘도 암흑에 갇혀야
반짝이는 별들이 지켜주고 있음을 안다
희망이 내리는 밤바다에
누워 기쁨의 눈물을 흘려라
아름다운 그 사막위에

사막에 피는 꽃을 보았는가
빗물 한 방울 내려주지 않아도
세상에서 가장 예쁜 꽃을 피우지
바람과 모래 별빛들은

사막의 어둠에서도
서로 사랑하면서 말이야

사막에 여우가 사는 것은
사막이 삭막하지 않음을

귀여운 여우가 살고 있음은
사막이 아름다울 수 있음을

사막여우는 잘 알고 있기 때문이다

사막이 아름다운 것은 어딘가에 오아시스가 있기 때문이고, 우리 집이 행복한 것은 어딘가에 수많은 보물이 숨겨져 있기 때문이다. 생떽쥐페리의『어린 왕자』가 유럽적 사건이 아닌 세계적인 사건으로서 영원불멸의 삶을 살고 있는 것은 이 동화적 상상력의 순수함 때문일 것이다. 순수함은 때묻지 않은 마음이며, 때묻지 않은 마음만이 밤하늘의 별들처럼 천년, 만년, 영원불멸의 삶을 살게 된다.

　　강물의 유출입流出入이 균형을 이루면 대자연의 호수가 썩지 않듯이, 꿈과 믿음과 사랑 역시도 때가 묻지 않으면 썩지 않는다. 임태래 시인의「사막여우가 사는 사막에는」은 꿈과 믿음과 사랑의 삼중주三重奏가 울려 퍼지는 아름다운 노래이며, 그 아름다운 노래가 "이 세상에서 가장 예쁜 꽃"으로 피어난 시라고 할 수가 있다. 삭막한 사막이 아름다운 것은 누군가가 걸으며 고

통의 짐을 풀어놓고 오아시스를 찾고 있기 때문이고, 사막에 귀가 큰 여우가 사는 것은 땅속의 작은 소리도 들으라는 것이고, "서로 사랑하라는 말도/ 듣지 못하는 이"들을 깨우치기 위한 것이다. 사막의 모래가 많은 깃은 모래 수만큼 참아 보라는 것이고, 주고, 또 주어도 부족함이 없는 사랑을 해보라는 것이다. 사막의 밤낮이 다른 것은 시린 밤(추운 밤)은 낮의 뜨거운 때를 기억하고, 불타는 낮에는 아리도록 시린 아픈 밤을 기억하라는 것이다. 꿈은 언제, 어느 때나 이상적인 낙원(오아시스)을 찾아가고, 믿음은 이상적인 낙원을 의심하지 않으며, 사랑은 그 모든 사건과 사고들을 다 끌어안으며, 너무나도 분명하고 공정한 사랑을 베풀게 한다.

임태래 시인의 「사막여우가 사는 사막에는」은 꿈과 믿음과 사랑에 기초해 있으면서도 대단히 지적이고 교훈적이며, 따라서 꿈과 믿음과 사랑을 잃고 살아가는 우리 인간들의 마비된 의식을 일깨워 준다. "사막의 밤하늘을 보았는가/ 파란 하늘도 암흑에 갇혀야/ 반짝이는 별들이 지켜주고 있음을 안다", "희망이 내리는 밤바다에/ 누워 기쁨의 눈물을 흘려라/ 아름다운 그 사막위에", "사막에 피는 꽃을 보았는가/ 물 한 방울 내

려주지 않아도/ 세상에서 가장 예쁜 꽃을 피우지", "바람과 모래와 별빛들은/ 사막의 어둠에서도/ 서로 사랑하면서 말이야", "사막에 여우가 사는 것은/ 사막이 삭막하지 않음을// 귀여운 여우가 살고 있음은/ 사막이 아름다울 수 있음을// 사막여우는 잘 알고 있기 때문이다"라는 시구들이 바로 그것을 증명해준다. 모르는 것은 끊임없이 배워야 하고, 잘 아는 것은 반드시 가르쳐주어야 한다. 조문도석사가의朝聞道夕死可矣, 아침에 도를 들으면 저녁에 죽어도 좋다. 아니, 한 편의 시를 쓰고 그 시와 함께 사는 것은 더욱더 좋다.

시를 쓰고 시를 사랑하는 사람은 타인 위에 군림하지 않고, 시를 쓰고 시를 사랑하는 사람은 사리사욕 따위를 생각하지 않는다. 술과 여자와 쾌락을 좋아하지도 않고, 쓸데없이 헛말을 하거나 자기과시욕을 펼쳐보이지 않는다. 늘, 근검절약하고, 앎(지혜)으로 자기 자신을 꽉 채우고 있으면서도 시를 통해 그 앎의 강물을 다 흘려보낸다. 꽉 채움으로써 텅 비우고 텅 비움으로써 꽉 채우는 이 사랑의 힘에 의해서 이상낙원의 비옥한 텃밭이 생겨나고, 사시사철 꽃이 피고 벌과 나비가 날아오게 된다.

시인(사상가)은 만물의 아버지이고, 전인류의 스승이며, 그 모든 평화를 주재하는 심판관이다.

시인(사상가)은 하늘의 태양이고, 달이며, 수많은 별들이다.

윤진화

일식

중대부속 용산병원 길 건너
24시간 편의점이 있어요
나는, 깡통으로 포장된
백도白道, 황도黃道를 보며
달이 지금 어디쯤 가고 있나를 생각하고
그 속에 들어가 진줏빛 코로나를 마시지요
카운터의 소형 텔레비전에서는
흑백영화가 한창이에요
영화 속 십자가를 짊어진 사내는
가파른 언덕을 오르고 있어요
통유리 너머 보이는 공사장, 일일 잡역부도
월계관 수건을 머리에 두른 채
아슬한 구조물을 타고 있어요
그 위에는 태양이
위태롭게 매달려 있어요 태양이

두 사내의 팔뚝에 솟아오른 전선을 따라
그들을 붉게, 붉게 물들여요
편의점 문짝이 바람에 꺼덕이는 동안
아버지의 위급을 알리는
남동생의 목소리도 전선을 타고 물들어가요
24시간 편의점 불빛을 보며
맥주가 피식, 피식, 김빠진 웃음을 지어요
깡통 속에서 부풀어오르는 달을 봐요
유통기한을 훨씬 넘겨버린 차가운 달
가야 할 길을 읽어버린 저 달을 들어
고열에 시달리는 태양을 조심히 가려봐요

자선사업은 모든 사건을 선행쪽에 초점을 맞추고, 그 사건의 극적이고도 천사적인 측면만을 강조한다. 부자로서 죽는 것은 부끄러운 일이다라고 전재산을 기부하고 죽는 것, 수많은 부자들이 더 많은 부유세를 내게 해달라고 시위하는 것, 부의 대물림은 만악의 근원이며 절대로 자식들에게 부의 대물림을 하지 않겠다는 것 등이 바로 그것을 말해주지만, 그러나 그들의 자식들이 가난과 빈곤에 시달리며 최하천민이 되었다는 증거는 그 어디에도 없다. 소위 성공이란 커다란 사기 위에 기초해 있다는 말도 있지만, 그들이 그들의 전재산을 사회에 환원하고 죽어갈 때 쯤이면 그들의 자식들은 상징자본과 문화자본과 경제자본의 대가들로서 여전히 상류사회의 구성원들로 자리를 잡고 있을 때인 것이다.

　　인간 사회의 불평등의 기원은 재화의 부족에 있지도

않으며, 가난한 자들의 나태함과 사악함에 있지도 않다. 인간 사회의 불평등의 기원은 폭력적인 서열제도에 있으며, 무리를 짓는 속성상, 지배하는 자는 소수인데 반하여 복종하는 자는 다수라는 사실에 있는 것이다. 지배하는 자는 복종하는 자의 생사여탈권을 쥐고 있으며, 그 억압과 착취구조를 은폐하기 위해 도덕적 선의 가면을 쓰고 있을 뿐인 것이다. '나는 선량한 인간이며, 만인평등을 위해 전재산을 사회에 환원한다'라고 선언하면서도, 그 자선사업의 이면에서는 끊임없는 빈곤을 확대하고 재생산해내고 있는 것이다. 풍부한 사회(상류 사회)는 끊임없이 빈곤을 확대하고 재생산하는 사회이며, 이 어둡고 암울한 세계를 은폐하기 위해 모든 방송과 언론들은 소위 성공한 사람들의 천사적 신화를 극적으로 연출해낸다.

윤진화 시인의 「일식」은 최하천민들의 상징이며, 유통기한을 훨씬 넘겨버린 차가운 달과 함께, 고열에 시달리는 태양으로 나타난 것이라고 할 수가 있다. 일식은 태양과 지구 사이에서 달이 태양을 가리는 현상을 말하지만, 윤진화 시인의 「일식」은 가난한 자들, 즉, 꿈과 희망도 없는 최하천민들의 상징이라고 할 수

가 있다. 달은 유통기한을 훨씬 넘겨버린 차가운 달이고, 태양은 고열에 시달리며 비명횡사 속으로 넘어가는 태양이다.

중대부속병원 길 건너에는 24시간 편의점이 있고, 나는 그곳에서 깡통으로 포장된 흰 복숭아白桃와 누런 복숭아黃桃를 보며, 이 복숭아들을 백도白道와 황도黃道라고 생각한다. 나는 이 백도와 황도를 달, 즉, 우리들이 걸어갈 길로 생각하며, 그 통조림 깡통 속으로 들어가 '진줏빛 코로나'를 마신다. 코로나는 일찍이 경험해보지 못한 세계적인 대유행병이며, 코로나는 그 위험성만큼 진주빛 색깔을 띠고 있다. 그 진주빛 코로나 속에는 흑백영화 속의 십자가를 짊어진 사내가 나오고, 통유리 너머 월계관을 머리에 두른 공사장의 일일 잡역부도 나온다. 십자가를 짊어진 사내는 예수가 되어 가파른 언덕을 오르고 있고, 공사장의 일일 잡역부는 승자의 월계관을 두른 채 아슬아슬하게 구조물을 타고 있다. 그들의 머리 위에는 태양이 위태롭게 매달려 있고, 두 사내의 팔뚝에 솟아오른 전선—힘줄—을 따라 그들을 붉게 붉게 물들인다.

값싼 임금과 값비싼 생활비와 피곤하고 지친 육체가

그들의 사회적 빈곤을 말해주고 있다면, 나 역시도 그 사회적 빈곤의 최전선에서 헤어날 길이 없다. 편의점 문짝이 바람에 꺼덕이는 동안 아버지의 위급을 알리는 남동생의 목소리가 들려오고 있고, 바로 그때, "24시간 편의점 불빛을 보며/ 맥주가 피식, 피식, 김빠진 웃음을" 짓는다. 일식日蝕의 시간, 하늘과 대지가 암전되고, 더 이상의 그 어떠한 구원의 목소리도 들려올 수 없는 일식의 시간—. 십자가를 진 예수가, 월계관을 머리에 두른 노동자가, 맥주처럼 피식, 피식, 김빠진 웃음을 짓는 시인이 그 어둠 속으로 사라지며, 이 세상의 모든 삶이 그 막을 내린다.

"유통기한을 훨씬 넘겨버린 차가운 달"과 함께, "고열에 시달리는 태양"과 함께!!

철학을 공부하고 전인류의 스승들을 배출해낸다면 미군을 몰아내고 미국을 정복할 수 있는 방법은 만 가지도 넘는다.

불가능은 없다. 소크라테스처럼, 칸트처럼, 마르크스처럼, 니체처럼, 쇼펜하우어처럼 한국의 사상으로 미국을 정복하면 된다.

김종삼 김행숙

임성기 정혜영

현순애 배옥주

박지현 김재언

이선희 현상연

윤성관 박방희

유계자 김현지

김종삼

북치는 소년

내용 없는 아름다움처럼

가난한 아이에게 온

서양 나라에서 온

아름다운 크리스마스 카드처럼

어린 양들의 등성이에서 반짝이는

진눈깨비처럼

무섭다, 두렵다. 모범시민을 꿈꾸며, 모범시민단체가 너무 많아 그토록 무섭고 두렵다.

세계 최고의 시민들로 구성되었고, 세계 최고의 도덕성을 자랑한다.

나치 치하나 스탈린 치하보다도, 일제 치하나 박정희와 전두환의 군부독재보다도 더 무섭고, 더 두렵다.

나치와 스탈린과 일제와 박정희와 전두환의 공포정치는 그 얼굴이 진짜였고, 누구나 다 알고 있는 것이었지만, 모범시민단체의 공포정치는 민주주의의 탈을 쓰고 그 모든 선량한 행위들을 자행하고 있는 것이었다. 사법농단이라는 이름으로 사법부를 완전히 장악했고, 검찰개혁이라는 이름으로 검찰의 수사권을 완전히 장악했다. 모든 방송사와 언론사들을 완전히 장악했고, 툭하면 실검조작, 여론조작, 신상털기, 문자폭탄으로 그 어떤 비판세력이나 반대파들의 존재근거를

다 소탕해버렸다.

무섭다, 두렵다. 모범시민을 꿈꾸며, 모범시민단체가 너무 많아 그토록 무섭고 두렵다. 흰 것을 흰 것이라고 말하지 못하고, 검은 것을 검은 것이라고 말하지 못한다. 선과 악을 말하지 못하고, 진짜와 가짜를 구분해서도 안 된다. 모범시민을 꿈꾸며, 모범시민단체를 그토록 두려워하며, "내용없는 아름다움처럼" 이 글을 쓴다.

무섭다, 두렵다. 시민단체는 한 국가의 두뇌이자 심장이며, 대동맥이지 않으면 안 된다. 정치와 경제와 문화와 예술 등을 살아 움직이게 하고, 그 청결함과 도덕성을 유지하기 위하여 자발적으로 회비를 내고 무보수 명예직으로 봉사하지 않으면 안 된다. 하지만, 그러나 대한민국의 시민단체는 자발적인 회비보다는 국가의 지원금과 피감기관의 후원금에 의하여 운영되고 있으며, 그 구성원들의 정치참여와 영리를 위한 이익단체로 변질되었다. 반대를 위한 반대와 시민단체와 그 구성원들의 이익만을 위한 극한투쟁을 벌이고, 정치, 경제, 문화, 예술 등의 권력을 감시하기 보다는 대한민국의 모든 권력들을 다 장악해버렸다. 세계 최초

의 대사건이자 전인류의 영광 자체가 대한민국 시민단체의 공포정치라고 할 수가 있다. 대한민국 시민단체의 구성원들은 게슈타포와 KGB와 십자군 전쟁의 영웅들과도 같은 애국심과 충성심과 인류애를 지녔다고 할 수가 있다.

시민단체라는 유령들이 전국토에 전체주의와 공포정치라는 핵폭탄으로 전국민을 꼼짝달싹 못하게 하고 있다. 선진국가—선진국민의 자부심을 심어주기는커녕, 그들이 뿌리뽑아야 할 부정부패의 화신이 되어 고소—고발의 소송전 축제를 연출해낸다. 뇌물을 먹고도 한 점의 부끄러움도 없다고 말하고, 증거를 인멸하고도 증거를 보존했다고 말한다. 표창장과 인턴증명서를 위조하고도 털어도 털어도 먼지 하나 안 난다고 말하고, 뇌물을 먹고 자살하거나 성추행을 하고 자살하면 전인류의 영웅으로 추앙을 받는다. 표절을 하고 그토록 선량한 형님을 강제입원시키고도 대통령을 꿈꾸고, 천문학적인 대장동의 특혜를 몰아주고도 단군 이래 최대의 공적이라고 자랑한다. 여론조작의 선거사범으로 구속되었어도 한 점의 부끄러움도 없다고 말하고, 뇌물을 먹고 감옥살이를 했어도 검찰의 강압수사와 증거

조작 때문이라고 말한다.

무섭다, 두렵다.

인간과 인간, 시민과 시민들의 사랑과 믿음은 사라지고, 유령과 유령들 사이의 고소—고발의 난타전으로 전인류의 축제가 되어가고 있다.

아아, 내용없는 아름다움처럼 봉하마을에서 온, 모범시민의 천국처럼 북치는 소년들이여!

아아, 형무소를 모르고, 뇌물을 모르고, 표절을 모르고, 도덕과 법 없이도 사는 북치는 소년들이여!

아아, 기회는 균등하고, 과정은 공정하고, 결과는 정의롭게 북치는 소년들이여!

노무현, 노건평, 박연차, 강금원, 안희정, 이광재, 박원순, 오거돈, 김경수, 한명숙, 김민석, 김홍걸, 문재인, 추미애, 이재명, 김어준 등—

아아, 너무나도 고귀하고 위대한 전인류의 영원한 스승들이여!!

김행숙
하룻밤

하룻밤만 재워줘. 밤은 충분히 길고, 너무 큰 가방은 언제나 이야기보따리지. 머나먼 친척 아주머니는 19세기 나그네처럼 오늘 밤에도 문을 두드려.

그렇지만 아주머니, 우리 집엔 빈방이 없어요. 빈방이 있다면, 왜 내가 여동생들과 한방을 쓰겠어요? 속옷을 나눠 입는 우리들은 서로를 반사해요. 거울 앞에 선 것처럼 나는 독창적인 인물이 될 수 없어요.

그렇다면 애야, 마구간이라도 괜찮단다. 말은 이야기를 실어 나르는 동물이잖니. 우리들의 머나먼 할아버지가 말 위에서 굴러 떨어져 죽어갈 때, 그는 비밀을 품고 있었단다. 그가 하룻밤을 더 달렸다면 이야기는 조금 달라졌을 테지.

그렇지만 알 수 없어요. 아주머니. 나그네가 두드리는 문이 모두 열리는 것은 아니잖아요. 우리 마을은 강간과 간통으로 세워졌어요. 전설적인 인물들은 하늘에서 떨어지거나 알에서 까마귀처럼 깨어났지요. 아주머니가 내 어머니라고 해도 놀랍지 않지만, 우리집엔 마구간도 낡은 자가용도 없어요.

하룻밤은 눈을 감았다 뜨는 사이에 지나가버린단다. 그렇지만 애야. 영원히 눈을 감는다면 하룻밤은 계속해서 흐르지. 머나먼 친척 아주머니의 미소와 함께.

『아라비안 나이트』, 즉, 『천일야화』는 중앙아시아의 동화와 전설과 우화 등의 구전문학을 정리한 책이며, 총 280여 편의 긴 이야기들로 구성되어 있다. 샤리아르 왕은 그가 왕궁을 비울 때마다 그의 왕비가 간통을 하게 된 사실을 알게 되자 왕비와 함께 간통한 자들을 모조리 죽여 버린다. 뿐만 아니라, 이에 대한 보복으로 매일 밤마다 새로운 여인과 잠자리를 마련하고, 그 다음날 그 여인들을 죽여 버리는 폭정과 만행을 일삼게 된다. 따라서 샤리아르 왕의 폭정과 만행을 끝내고자 한 대신의 장녀인 샤흐라자드는 비책묘계를 세웠는데, 이것이 그리스와 인도와 중국과 페르시아를 비롯한 중앙아시아의 구전문화의 진수로 탄생하게 된 것이다. 샤흐라자드의 비책묘계는 매일 밤마다 왕에게 이야기를 들려주는 것이었지만, 그러나 그 재미있고 흥미진진한 이야기의 끝을 맺지 않고 다음날 그 이야

기를 들려주겠다고 약속함으로써 그녀의 목숨을 건지고, 왕의 폭정과 만행을 끝낼 수가 있었던 것이다. 요컨대 날이면 날마다 새로운 이야기는 끊임없이 시작되고, 그 결말이 유예됨으로써 천일야화라는 장중하고 울림이 큰 이야기 책이 탄생하게 된 것이다. 이야기란 어떤 사건과 현상들에 대한 것이지만, 인류의 역사는 이야기의 역사이며, 문학과 역사와 철학 등에 대한 이야기가 끝나면 우리 인간들의 역사는 종말을 맞이하게 될 것이다.

김행숙 시인의 「하룻밤」은 구전문학의 이야기이며, "하룻밤은 눈을 감았다 뜨는 사이에 지나가버"릴 수도 있지만, 그러나 "영원히 눈을 감는다면 하룻밤은 계속해서 흐르"게 된다. "영원히 눈을 감는다면 하룻밤은 계속해서 흐르지"는 반어이며, 실제로는 영원히 눈을 감는 것이 아니라 끊임없이 먼 친척 아주머니와 시적 화자인 내가 그 이야기를 이어나간다는 것을 뜻한다. "하룻밤만 재워줘. 밤은 충분히 길고, 너무 큰 가방은 언제나 이야기보따리지"라고 먼 친척 아주머니가 "19세기의 나그네처럼 오늘 밤에도 문을 두드"리면, "그렇지만 아주머니, 우리 집엔 빈방이 없어요"라고 시적

화자는 거절을 하게 된다.

　인생은 나그네의 길이고, 그토록 큰 이야기보따리만큼이나 사연은 많지만, 그러나 우리는 어디로부터 와서 어디로 가고 있는지 알 수가 없는 것이다. 빈방이 없다는 것은 내가 동생들과 함께, 아니, 온 가족들이 한 빙에 기거를 하고 있다는 것이며, 온 가족이 한 방에 기거를 하고 있다는 것은 나 혼자 거울 앞에 선 것처럼 독창성을 가질 수가 없다는 것이다. 요컨대 빈방이 없으니 다른 곳으로 가시라고 거절을 해도 어차피 나그네의 인생인 그 아주머니는 "그렇다면 애야, 마구간이라도 괜찮단다. 말은 이야기를 실어 나르는 동물이잖니. 우리들의 머나먼 할아버지가 말 위에서 굴러 떨어져 죽어갈 때, 그는 비밀을 품고 있었단다. 그가 하룻밤을 더 달렸다면 이야기는 조금 달라졌을 테지"라고, 막무가내로, 생떼 아닌 생떼를 쓰게 된다.

　인생은 나그네의 길이고, 빈방은 최선이 되고, 마구간은 차선이 된다. 아니, 구질구질한 살림살이, 그 큰 이야기보따리를 지닌 아주머니에게는 이제 마구간이 최선이 되고, 그녀의 막무가내와 생떼는 그 이적의 힘을 발휘하게 된다. 막무가내는 한번 고집을 피우면 도

무지 꺾을 수가 없다는 것을 말하고, 생떼는 어떤 사실의 진위와 상관없이 무조건 자기의 주장을 관철시키는 것을 말한다. 빈방은 마구간이 되고, 말言은 말馬이 되고, 이 마구간 신화는 그 옛날의 영웅신화를 탄생시킨다. 말은 이야기를 실어 나르는 동물이고, 민족의 꿈과 희망을 향해 그 말을 타고 떠났던 할아버지가 비명횡사를 하지 않았다면 적어도 너와 나, 즉, 우리는 이처럼 떠돌이—나그네의 신세가 되지는 않았을 것이다.

먼 친척의 아주머니는 우리는 다같은 할아버지의 자손이라는 측은지심(혈연)에 호소를 하고, 이제 친척이라고도 할 수 없는 그 아주머니의 막무가내와 생떼가 싫은 나는 "그렇지만 알 수 없어요, 아주머니. 나그네가 두드리는 문이 모두 열리는 것은 아니잖아요"라고 거절을 한다. 빈방도 안 되고, 마구간도 안 된다. 왜냐하면 "우리 마을은 강간과 간통으로 세워졌"고, "전설적인 인물들은 하늘에서 떨어지거나 알에서 까마귀처럼 깨어"났기 때문이다. "아주머니가 내 어머니라고 해도 놀랍지는 않지만, 우리집엔 마구간도 낡은 자가용도" 없는 것이다. 평양감사도 내가 싫으면 그만이고, 일국의 제왕도 내가 싫으면 그만이다. 핑계는 강간과 간통

의 우범지대를 만들고, 그리고 그 협박용으로 민족신화의 영웅들, 즉, 전설적인 인물들마저도 비운의 인물이거나 악마처럼 만들어 버린다. 옛 신라를 건국한 박혁거세는 알에서 깨어났고, 까마귀, 즉, 삼족오三足烏는 고구려의 국조國鳥이며, 단군조선의 홍익인간을 지칭한다는 사실을 생각해보면, 시적 화자의 거절과 핑계가 그 얼마나 간사하고 잔인한가를 금방 알 수가 있는 것이다.

김행숙 시인의 「하룻밤」은 시적 화자와 먼 친척 아주머니의 싸움이고, 그 싸움의 이야기라고 할 수가 있다. 시적 화자는 빈방의 주인이 되고, 먼 친척 아주머니는 하룻밤의 잠자리를 요청하는 나그네가 된다. 시적 화자는 이제 친척이라고 할 수도 없는 아주머니를 너무나도 싫어하고, 어떻게 해서든지 하룻밤의 잠자리가 필요한 아주머니는 시적 화자를 사랑하는 이야기꾼이 된다. 시적 화자는 핑계를 대며 거절을 하고, 아주머니는 그 핑계의 허구성을 무너뜨리며, 그 옛날의 영웅신화, 아니, 민족신화를 역설한다. 이야기가 이야기를 낳고, 또다른 이야기가 또다른 이야기를 낳는다. 말馬이 말馬을 타고 달리며 말을 낳고, 또다른 말馬이 말馬을 타

고 달리며 말을 낳는다. 이야기를 하는 사람이 이야기를 듣는 사람이 되고, 이야기를 듣는 사람이 이야기를 하는 사람이 된다. 어제의 이야기가 오늘의 이야기가 되고, 오늘의 이야기가 내일의 이야기가 된다. 똑같은 이야기가 또다른 이야기가 되고, 또다른 이야기가 똑같은 이야기가 된다. 개성과 독창성의 추구가 상투성과 식상함으로 떨어지고, 상투적이고 식상한 이야기가 너무나도 새롭고 독창적인 이야기로 승화된다. 이야기의 주제는 삶과 죽음의 변주에 지나지 않으며, 모든 삶의 주제는 '나그네의 이야기'라고 할 수가 있다.

머나먼 친척 아주머니의 이야기보따리가 문을 두드리면 빈방없음이 화를 내고, 빈방없음이 화를 내면 마구간이 나타난다. 마구간이 나타나면 그 옛날의 할아버지가 말을 타고 달리고, 그 옛날의 할아버지가 말에서 떨어져 비명횡사를 하면 강간과 간통은 물론, "전설적인 인물들이 하늘에서 떨어지거나 알에서 까마귀처럼 깨어"난다. 이처럼 머나먼 친척 아주머니와 시적 화자와의 싸움은 끝이 없고, 이 이야기는 천년, 만년 끊임없이 계속된다.

하룻밤이다. 모든 인생은 하룻밤이고, "눈을 감았다

뜨는 사이에 지나가버린다."

"그렇지만 얘야, 영원히 눈을 감는다면 하룻밤은 계속해서 흐르지. 머나먼 친척 아주머니의 미소와 함께."

김행숙 시인과 머나먼 친척 아주머니는 「하룻밤」의 주연배우이고, 우리들 역시도 모두가 다같이 하룻밤의 주연배우들이라고 할 수가 있다.

임성기
리듬

참새 한 마리
여행자의 숨결을 끊었다
이어준다
야수다 강당앞.

리듬Rhythm이란 무엇인가? 리듬이란 그리스어인 리토모스Rhythomos라는 말에서 나왔다고 한다. 장단율이라고 하는 리듬은 시를 만드는 수사학적 양식에서 비롯되었지만, 그러나 이제는 문학과 음악과 미술과 우리들의 일상생활에서 아주 폭넓게 쓰이고 있다고 할 수가 있다. 음악적으로는 일정한 박자나 규칙에 의한 음의 장단이나 강약 따위의 흐름을 말하고, 문학적으로는 시의 음악적 형식, 음의 강약, 장단, 반복 등을 말한다. 미술에서는 선의 형과 색의 비슷한 요소의 통일된 율동감과 함께, 색의 농담이나 명암, 선의 커브나 윤곽 따위를 말하고, 일상생활에서는 일정한 간격을 두고 규칙적으로 반복되는 현상, 즉, 생활의 리듬과 신체의 리듬을 말한다.

참새는 온대지방과 아열대 지방에서 아주 많이 살고 있으며, 우리나라에서는 아주 흔한 텃새라고 할 수가

있다. 주로 인가의 주변에서 살며, 인가의 건물 틈에 둥지를 틀거나 나무의 구멍 속에 집을 짓는다. 부리가 짧고 단단해서 곡식을 쪼아먹기에 알맞고, 꽁지깃은 날아다닐 때 방향을 잡는 역할을 한다. 여름에는 해로운 곤충을 잡아먹어 사람에게 도움을 주지만, 가을에는 농작물을 쪼아먹어 피해를 주기도 한다.

임성기 시인의 「리듬」은 우주적인 사건이며, 북경에서의 나비 한 마리의 날갯짓이 미국에서는 천하제일의 태풍을 불러일으킬 수 있듯이, 이른바 '참새효과'라고 할 수도 있을 것이다. 몸길이는 12cm~14cm이고, 몸무게는 19g~25g에 지나지 않지만, 때때로는 야수가 되어 "여행자의 숨결을 끊었다"가 "이어"주기도 한다. 참새는 아주 흔한 텃새이기는 하지만, 우리 인간들에게 길들여지지 않은 야수이며, 이 야수가 향학열에 불타오르는 "여행자의 숨결을 끊었다"가 "이어"준다. 참새는 야수이고, 이 세상의 삶과 죽음을 주재하는 천지 창조주라고 할 수가 있다.

여행자가 어느 강당 앞에서 한 눈을 팔고 있을 때, 너무나도 뜻밖에 참새 한 마리가 여행자의 눈앞을 스쳐 지나갔다면, 그 순간은 느닷없는 죽음의 순간처럼 우

주적인 충격을 받게 되었을 것이다. 왜냐하면 삶은 리듬이고, 여행자의 숨결도 리듬이고, 리듬이 끊어지면 여행자도 죽기 때문이다. 참새가 야수가 되고, 이 야수가 핵폭탄처럼 여행자의 숨결을 끊었다가 이어주고, 또한, 이 우주적인 삶의 리듬은 이 세상의 상승곡선과 하강곡선처럼, 모든 만물들의 삶과 죽음을 이어준다.

리듬은 생명이고 숨결이고, 리듬은 삶이고 죽음이다. 리듬은 율동이고 박자이고, 리듬은 반복이고 조화이다. 리듬은 사랑이고 신뢰이고, 리듬은 음악이고 미술이다.

임성기 시인의 「리듬」은 이 세상에서 가장 짧은 대서사시이며, 우주적인 조화의 총체이다.

정혜영
서쪽, 붉은 장미

　붉은 장미를 피우는 회색고래를 아시나요 고래가 뿜어내는 마지막 숨을 어부들은 붉은 장미라고 불러요 동해가 물 반, 고래 반이었던 시절 아기를 낳으러 동해로 돌아오는 회색고래, 아기고래가 죽자 어미의 울부짖음이 서쪽이 되었어요 그 피멍이 노을이 되었어요 아름다운 영혼들이 모여드는 곳 해가 지는 방향으로 걸어가면 당신을 만날 수 있을까요

　서쪽이 아름다운 이유는 목숨이 쌓인 태산이기 때문이예요 어미라는 감옥의 태산, 서쪽으로 가는 중이에요 동생을 잃고 울부짖던 엄마의 마지막 뒷모습, 노을은 엄마의 음성이에요

　죽은 아기 곁을 떠나지 못하는 고래 등에 수많은 작살이 쏟아져요 붉은 장미가 피어나요 어부들은 바다의 조경사예요 목숨 한 겹 서쪽이 되었어요

📖

    탄생은 죽음의 첫걸음이고, 죽음은 탄생의 첫걸음이다. 모든 것은 가고 모든 것은 되돌아 온다. 이 윤회사상이 자연철학의 근본원리라면, 이 윤회사상 속에는 역사의 발전법칙이 다 들어 있다고 할 수가 있다. 있는 것을 토대로 역사는 발전하고(연속의 법칙), 있는 것을 부정함으로써 역사는 새로워진다(단절의 법칙). 모든 역사에는 이 연속과 단절이 겹쳐져 있는 것이고, 이 단절과 연속의 싸움을 통해서 우리 인간들의 삶이 그 생명력을 얻게 되는 것이다. 만물은 변하지만, 그러나 만물은 좀처럼 변하지 않는다.

    어떤 사상이나 이론이 정식화되면 새로운 사상이나 이론이기를 그치게 된다. 새로운 사상이나 이론이기를 그치게 되면, 그 즉시 진부하고 낡디 낡은 어떤 것에 지나지 않게 된다. 따라서 우리 인간들은 새로운 사건이나 현상들을 해결해 줄 수 있는 새로운 사상과 이론

을 찾아 나서게 되고, 이 '새것 콤플렉스' 때문에 몹시 괴로워하게 된다. 모든 사상의 역사는 혁명의 역사인 동시에 반혁명의 역사이기도 한 것이다.

새로운 것이란 하나의 환영이자 신기루에 지나지 않는 것인지도 모른다. 그토록 진부하고 낡디 낡은 고향을 떠나 새로운 세계를 찾아 나섰지만, 그러나 우리가 이룩해냈던 것은 고작 「서쪽, 붉은 장미」에 지나지 않았던 것이다. 서쪽이 그토록 아름다운 것은 쌓인 목숨이 태산이기 때문이고, "어미라는 감옥의 태산"이기 때문이다. "동해가 물 반, 고래 반이었던 시절"의 이야기이지만, 회색고래는 아기를 낳으러 동해바다로 돌아오고, 아기고래가 죽자 그 아기고래 곁을 떠나지 못하고 어부들의 작살에 맞아죽게 된다. 동해바다는 어미라는 감옥의 태산이자 그 피멍으로 붉디 붉은 노을이 피어오르고, 수많은 작살을 맞은 회색고래의 몸에서 붉디 붉디 장미가 피어난다.

아기고래는 동해바다를 떠나가고, 어미 고래는 정혜영 시인의 「서쪽, 붉은 장미」로 죽어간다. 만고풍상을 겪으며 새로운 곳, 낯선 곳에서 자란 아기고래는 "동생을 잃고 울부짖던 엄마"가 그러했듯이, 피멍 든 노을을

찾아 동해바다로 돌아온다.

붉은 장미를 피우는 회색고래, 회색고래가 붉은 장미를 피울 수 있도록 수많은 작살을 꽂아주는 어부들─. 하지만. 그러나 이 바다의 조경사들인 어부들마저도 정혜영 시인의 「서쪽, 붉은 장미」로 죽어가게 된다.

모든 것은 가고 모든 것은 되돌아온다. 만물은 변하지만, 그러나 좀처럼 변하지 않는다.

모든 만물은 생물학적으로나 화학적으로 한 형제이며, 대 우주의 공동체이기 때문이다.

현순애

김장

붉은 광장이 소란하다
서리꽃 피어도 머리끈 질끈 동여매고
세파에 맞서는 저 푸른 배추
여민 옷깃 야무지다
무더기로 연행되어 생살 파고드는 짠물 고문에
의식은 마디마디 풀려 너덜너덜하지만
어머니, 어머니의 어머니
그전부터 내려온 내력이다
각지에서 올라온 성깔 맵고 짠 것들
비록 양념이지만 힘 보태야 한다며 술렁인다
한목소리 내겠다며, 한통속 되겠다며
핏줄 붉게 돋은 고춧가루
최루가스에도 눈물 참고 견뎌온 대파 양파
무며, 당근이며, 갓이며
핍박 심할수록 더욱 뭉쳐지는 단단한 결속

모엽의 포로 되어 깊은 독에 갇히어도
옹기종기 기대앉아 서로를 다독인다
저들로 차려질 연대의 밥상
세상 눈물 나게 깊은 맛 나겠다.

뭉치면 살고 흩어지면 죽는다. 이 만고불변의 법칙은 모든 종들에게 해당되며, 어떤 생명체도 단독자로서의 삶을 살아갈 수가 없다. 소나무는 소나무끼리 모여 살고, 참나무는 참나무끼리 모여 산다. 사슴은 사슴끼리 모여 살고, 사람은 사람끼리 모여 산다. 콩은 콩끼리 모여 살고, 팥은 팥끼리 모여 산다. 이 사회적 결속력이 종의 번영과 종의 행복에 맞닿아 있기 때문이며, 따라서 무리로부터, 또는 사회로부터의 이탈은 그 생명체의 죽음을 뜻한다.

현순애 시인의 「김장」은 '김장의 사회학'이며, "서리꽃 피어도 머리끈 질끈 동여매고/ 세파에 맞서는 저 푸른 배추"처럼, 백절불굴의 승전가라고 할 수가 있다. "서리꽃 피어도 머리끈 질끈 동여매고/ 세파에 맞서는 저 푸른 배추"는 상승장군이라고 할 수가 있는데, 왜냐하면 "무더기로 연행되어 생살 파고드는 짠물 고문에"

도 두 눈 하나 끄떡하지 않고 "어머니의 어머니/ 그전부터 내려온" 역사와 전통을 온몸으로 계승하고 있기 때문이다. 이 푸른 배추의 살신성인의 진두지휘 아래 "각지에서 올라온 성깔 맵고 짠 것들", 즉, 고춧가루, 대파, 양파, 당근, 갓 등이 "비록 양념이지만" "한 목소리 내겠다며, 한통속 되겠다며" 이 세상에서 가장 맛있고 영양가가 풍부한 김치가 되어주고 있는 것이다. 핏줄 붉게 돋은 고춧가루는 고급장교와도 같고, 최루가스에도 눈물 참고 견뎌온 대파, 양파 등은 백절불굴의 하사관과도 같고, 이밖에도 무며, 당근이며, 갓 등은 결코 자기 자신의 목숨을 구걸하지 않는 최정예 부대원과도 같다.

우리는 모두가 하나이며, "핍박 심할수록 더욱더 뭉쳐지는 단단한 결속력"을 자랑한다. 대동단결은 백전백승의 필승전략이며, 이들의 전투정신과 연대의식에 의해 "세상 눈물 나게 깊은 맛"을 내는 "연대의 밥상"이 탄생하게 되는 것이다.

김치란 배추를 소금물에 절인 후, 고춧가루와 대파와 양파와 무와 당근과 갓과 마늘과 온갖 양념을 첨가한 한국전통의 발효식품이자 일종의 조리 양식이라고

할 수가 있다. 김장이란 겨울철에는 신선한 채소를 구할 수가 없었기 때문에, 겨우내 먹을 김치를 한목에 담가두는 일을 말하고, 이 김장 덕분에 저장성이 뛰어나고 아주 중요한 비타민의 섭취와 함께, 인간의 모든 장을 튼튼하게 해주는 김치를 두고두고 먹을 수가 있었던 것이다.

우리 한국인들의 요리문화에서 가장 자랑스러운 것이 있다면 이 김장 김치이며, 이 김장 김치가 있기 때문에 우리 한국인들의 역사와 전통이 발전해왔다고 할 수가 있다. 김장 김치는 단순한 발효식품이 아닌데, 왜냐하면 김장 김치는 우리 한국인들의 정신과 육체이자 생명 자체라고 할 수가 있기 때문이다. 우리는 김장 김치로 하나가 되고, 우리는 김장 김치로 우리 한국인들의 역사와 전통을 이어나간다.

우리 한국인들의 무한한 에너지의 보고인 김장 김치, 대동단결의 상징이자 역사와 전통의 상징인 김장 김치, 우리 한국인들은 이 김장 김치처럼 하나가 되고, 이 연대의식에 의해서 대한민국의 오천년의 역사와 전통을 이어올 수가 있었던 것이다.

배옥주

리을리을

산을 여는 문이 흘러갑니다
열려도 닫혀 있고 닫혀도 열려 있는 의뭉스러움
누구든 드나들 수 있습니다

오름을 내려온 조랑말의 저녁도
한 호흡씩 들어가고
한 호흡씩 나가야 합니다
방목은 풀어놓는 게 아니라 드나드는 것
흙바람도 자모음을 섞으며
모로 누웠다 모로 일어납니다
바람은 쉽게 겹쳐지지 않습니다
새끼 곁을 떠나지 않는 어미의 꼬리질이
한 계절로 들어갔다 한 계절로 나갑니다

구름이 능선의 고삐를 당겼다 풀어줍니다

산 한 마리, 산복도로에 이끌려 갑니다

갈기를 늪힌 순결한 산맥이

리을리을 흘러갑니다

리을리을 평지로 흘러갑니다

한글의 'ㄹ'은 자음子音이며, 이 자음들 중에 유음流
音을 표기하는 데 쓰인다. 이 유음은 음절말 위치에서
는 혀끝을 윗잇몸에 대고, 혀 양옆으로 날숨을 내보내
며 목청을 울리게 해서 내는 설측음舌側音이라고 할 수
가 있다. 따라서 모음과 모음 사이에서는 목청을 울리
면서 혀끝으로 윗잇몸을 한번 두들기고 내는 탄설음彈
舌音으로 발음된다(『한국민족문화대백과사전』).

배옥주 시인의 「리을리을」은 '서경시敍景詩의 진수'이
며, 제주도의 자연의 풍경을 매우 아름답고 역동적으
로 노래한 시라고 할 수가 있다. 대부분의 서경시들이
모든 사물과 등장인물들이 한 장의 사진처럼 죽어 있
는데 반하여, 배옥주 시인은 'ㄹ'이라는 자음의 형태와
그 발음의 소리와 함께, 산, 오름, 조랑말, 바람, 구름,
산복도로, 산맥 등을 살아 움직이게 하고 있는 것이다.
산을 여는 문이 흘러가고, 따라서 산문은 열려 있어도

닫혀 있고, 닫혀 있어도 열려 있는 것이다. 오름을 내려온 조랑말의 저녁도 한 호흡씩 들어가고 한 호흡씩 나가고, 흙바람도 자모음을 섞으며 모로 누웠다가 모로 일어난다. 산문은 누구나 드나들 수 있고, 방목은 풀어놓는 게 아니라 드나드는 것이다. 바람도 쉽게 겹쳐지지 않고, 새끼 곁을 떠나지 않는 어미의 꼬리질이 한 계절로 들어갔다가 한 계절로 나간다.

모든 것이 자유롭고, 이 자유로움 속에 시간의 흐름과 사계절의 질서가 잡혀 있고, 이 질서 속에 아름답고 풍요로운 삶이 들어 있다. 구름이 능선의 고삐를 당겼다가 풀어주고, 산 한 마리가 산복도로에 이끌려 간다. 갈기를 눕힌 순결한 산맥이 리을리을 흘러가고, 또한, 리을리을 평지로 흘러간다. 만물은 살아 움직이고, 만물은 끊임없이 새로운 삶의 내용들을 저작하며, 그 풍경들을 살아 움직이게 한다.

삶은 운동이고, 운동은 변화이며, 배옥주 시인의「리을리을」은 자음(ㄹ)과 소리(리을리을)와 사물이 하나가 된 삶의 운동법칙이라고 할 수가 있다. 열려 있어도 닫혀 있고, 닫혀 있어도 열려 있다는 산문, 흙바람도 자모음을 섞으며 모로 누웠다가 모로 일어난다는 언어 의식,

새끼 곁을 떠나지 않는 어미의 꼬리질이 한 계절로 들어갔다가 한 계절로 나간다는 다소 과정된 계절의 운행, 구름이 능선의 고삐를 당겼다가 풀어주고, 산 한마리가 산복도로에 이끌려 간다는 작용과 반작용의 운동법칙, 의인화, 의물화, 과장법, 역설법, 점층법, 강조법, 반어법 등이 모든 수사학과 함께 리을리을 흘러가고, 또, 흘러간다.

배옥주 시인의 「리을리을」은 풍경 자체가 된 예술작품이며, 죽은 풍경이 아닌 영원히 살아 움직이는 '서경시의 진수'라고 할 수가 있다. 한국어의 영광이자 만물의 운동법칙인 「리을리을」, 이 배옥주 시인의 「리을리을」이 아니었다면 감히 어떻게 이처럼 아름답고 살아 움직이는 서경시가 가능할 수가 있었단 말인가?

배옥주 시인은 「리을리을」 풍경의 창시자이자 풍경을 운동(흐름)으로 표현해낸 서경시의 대가라고 할 수가 있다.

박지현

고등어의 유언

칼을 들어
머리를 치려는데
깊고 푸른 눈동자가
나를 쳐다본다

조심해
죽고 사는 게 한 끗 차이야
사방이 덫이고 아차 하면 나락이야

나도 한때는 잘나갔었어
등 푸른 생선 가문에 태어난 데다
윤기 흐르는 매끈한 몸매에
눈빛까지 깊고 그윽하다고 인기가 하늘을 찔렀지
나 때문에 물 만난 물고기라는 말이 생길 정도였다
니까

세상은 넓고
어디든 갈 수 있다 믿었어
뭐든 내가 하고픈 대로 다 했었지

내가 아는 세상이 다가 아니라는 걸
너무 늦게 깨달았어

정신 바짝 차리고 살아
지금 칼자루 잡고 있다고 그게 영원할 거라 착각하
지 마
칼날이 어디로 향할지는 아무도 모르는 거야
누가 언제 도마 위에 오를지도

이른 아침 도마 위에서
고등어가 내게 남긴
서늘한 유언

천하도 좁다고 그토록 지랄발광을 하던 황제도 그가 죽으면 기껏해야 한 줌의 흙에 지나지 않는다. 인생이란 죽음 이전에 결정되어 있고, 어느 누구도 이 운명의 굴레를 벗어날 수는 없다. "죽고 사는 게 한 끗 차이"이고, "사방이 덫이고 아차 하면 나락"으로 떨어질 수밖에 없다.

부자일 때는 가난한 자를 욕하고, 가난할 때는 부자를 욕한다. 권력을 가졌을 때는 타인들의 존재와 권리를 짓밟고, 권력을 갖지 못하였을 때는 공정한 권력과 만인평등을 강조한다. 인간은 누구나 자기 중심의 이기주의자이며, 따라서 자기 자신의 입신출세와 이익을 위해서라면 그때 그때마다 배신과 변절을 밥 먹듯이 하게 된다. 인류의 역사는 배신과 변절의 역사이며, 이 배신과 변절의 역사 속에 우리 인간들의 삶이 있는 것이다.

박지현 시인의 「고등어의 유언」은 "등 푸른 생선 가문", 소위 지배계급의 회한이 담겨 있는 시이며, 자기 자신의 삶을 반성하고 성찰하며 '함부로 권력을 행사하지 말라'는 금언을 노래한 시라고 할 수가 있다. "나도 한때는 잘 나갔"고, "나 때문에 물 만난 물고기라는 말이" 생겨났다고 해도 틀린 말이 아니다. 왜냐하면 등 푸른 가문에서 태어난 데다가 윤기가 흐르는 매끈한 몸매와 함께, "눈빛까지 깊고 그윽하다고 인기가 하늘을 찔렀"기 때문이다. 요컨대 세상은 더없이 넓고, 어디든지 다 갈 수가 있고, 이 세상에서 모든 일들을 다 할 수가 있다고 믿고 있었던 것이다.

　　하지만, 그러나 "내가 아는 세상이 다가 아니라는 걸/ 너무 늦게 깨달았"고, 그 결과, 도마 위에 놓인 고등어의 신세에 지나지 않게 된 것이다. "정신 바짝 차리고 살아/ 지금 칼자루 잡고 있다고 그게 영원할 거라 착각하지 마/ 칼날이 어디로 향할지는 아무도 모르는 거야"라는 「고등어의 유언」은 때늦은 후회와 때늦은 만각, 즉, 그의 뼛속까지 파고드는 회한의 소산일 수도 있지만, 그러나 이 세상의 배신과 변절의 역사는 좀처럼 변하지 않는다. 왜냐하면 권력은 좋은 것이고, 눈앞

의 이익은 더욱더 좋은 것이기 때문이다.

무리를 짓는 동물들의 특성상, 만인들 위에 군림을 하며 명령을 내린다는 것도 즐겁고 기쁜 일이고, 권력의 본보기로서 타인들의 재산을 빼앗고 괴롭히는 일도 즐겁고 기쁜 일이다. 순간을 영원하다고 믿으며, 이 권력자의 망상 속에서 살아간다는 것은, 비록, 배신과 변절의 역사 속에 도마 위의 고등어처럼 난도질을 당하게 될지라도 더욱더 즐겁고 기쁜 일이 아닐 수가 없는 것이다.

내가 있고, 세계가 있다. 내가 존재하지 않는다면 이 세계도 존재하지 않는다. 이 자기 중심사상이 이기주의의 토대가 되고, 이 이기주의를 통해서 그의 권력욕망이 싹튼다. 권력은 약이면서도 독약이고, 이 권력을 제대로 사용할 줄 아는 자는 전인류의 스승인 사상가일 수밖에 없다.

박지현 시인의 「고등어의 유언」은 등 푸른 생선의 '서늘한 유언'이며, 우화로서의 최고급의 지혜의 소산이라고 할 수가 있다.

돈과 명예와 권력, 배신과 변절, 사생결단식의 승리와 패배—.

대부분의 권력은 인류의 아편이고, 너무나도 어리석고 크나큰 파멸이 약속되어 있는 것이다.

　대한민국은 세계제일의 고소−고발전이 성행하는 나라이고, 우리 한국인들 중에서 애국심과 도덕성을 갖춘 사람은 단 한 사람도 없다고 생각된다. 참으로 큰일 났고, 앞이 안 보인다. 큰 스승도, 애국자의 씨도 다 말랐다. 표절범죄자와 사기꾼들 천국일 뿐이다.

　웅변은 설득하는 기술이고, 변론은 범죄를 옹호하는 사기 치는 기술이다. 애국심과 도덕성이 결여되었을 때 변론술이 유행하게 되고, 이 변론술에 의해서 아테네와 로마가 망했다고 해도 과언이 아니다.

김재언

물 저울

참깨를 푼다
휘휘 조리질하면
밀려나지 않으려는 알곡들이
물살을 파고든다

무게는 바닥에 닿으려는 발바닥의 습성
선에 들지 못한 쭉정이들은
파문 밖으로 밀려나고

뒤척이지 마라
가라앉아라

물은 저울이다

'여문' 이란 태양의 정수리가 붉었다는 말

수태기의 절기를 다진 깨알은
제 속을 단단히 채웠을 것이다

평형에 매달린 낱알들이
기울어진 중심을 버티고 있다
어림의 잣대로 부유하는 호흡들
수면이 잠잠해질 때까지
물의 눈금을 측량하고 있다

일등국가와 일등국민의 나라는 분명한 목표가 있고, 그 목표를 위해서 전국민이 하나가 되어 너무나도 분명한 길을 가고 있다. 단군 시조의 건국이념이 홍익인간이라면 이 홍익인간이 되기 위하여 너무나도 열심히 공부하고, 또 공부하지 않으면 안 된다. 많이 아는 자는 전인류의 스승이 되고, 전인류의 스승이 되면 주한 미군을 즉시 몰아내고 한국의 사상과 한국의 문화로 미국과 일본과 중국과 유럽 등을 오늘날의 'K-POP'처럼 지배할 수가 있다. 홍익인간의 국민들은 고소-고발을 모르고, 서로간에 사랑하고 신뢰하며, 절대로 거짓말을 하거나 사기를 치는 일이 없다. 일등국가와 일등국민, 즉, 홍익인간으로서의 목표가 없으면 이민족의 지배를 받게 되고, 이에 반하여 그 목표를 추구할 수 있는 다양한 정책(방법)이 없으면 그 목표는 공허한 망상에 지나지 않게 된다. 홍익인간은 지혜의 상징이며, 그

는 '사무사의 경지'에 오른 사람이라고 할 수가 있다.

　많은 법률과 많은 규제는 필요가 없고, 아주 적은 법률과 아주 적은 규제만이 필요하다. 도덕은 선의 상징이며「물 저울」이 되고, "여문이란 태양의 정수리가 붉었다는 말"처럼, 또는 "수태기의 절기를 다진 깨알"처럼, 전국민이 홍익인간의 이상형으로 성장하게 된다. 좀도둑의 쭉정이들이 걸러지고, 배신과 음모를 꿈꾸는 쭉정이들이 걸러진다. 사면권과 권력을 남용하는 쭉정이들이 걸러지고, 타인의 지적 재산을 가로채 가는 표절의 쭉정이들이 걸러진다. 가짜 의사와 가짜 학자들이 걸러지고, 가짜 법조인들과 가짜 사제들이 걸러진다.

　　뒤척이지 마라
　　가라앉아라

　　물은 저울이다

　우리 한국인들, 즉, 홍익인간은 저마다 김재언 시인의「물 저울」을 지닌 전인류의 이상이고, 도덕적 선의

상징이다.

모든 쭉정이들은 다 물러가라! 여기는 참깨처럼 고소하고 꽉 찬 알곡의 나라, 즉, 전인류의 스승의 나라인 대한민국인 것이다.

이선희
현관의 센서등

반경 안으로 들어와 움직이는 것들에만 반응하는 습성이 있다

반경 안으로 들어오는 것들이 한정되어 있어 밝아지는 일은 드물다

가끔 헛것을 보고 밝아지고
착각으로 밝아지기도 한다
반경 안에 들어와 팔을 휘젓는 물체를 보지 못하는 경우도 있다

필요 없이 반응을 하거나 너무 늦은 반응으로 자주 의심을 산다

혼자 켜지고 꺼진다

울다가 웃는다 혼자

좀처럼 반경 안으로 들어서려 하지 않는 물체를 기
다리며
오래전부터 준비 완료 상태로 늙고 있다

이선희 시인은 자연과학자와도 같고, 그는 또한 심리학자와도 같다. 이선희 시인은 자기 자신의 감정을 숨기고 그 모든 것을 극사실적으로 묘사하는 작가와도 같고, 그리고, 끝끝내는 그 메마르고 건조한 '현관의 센서등'을 너무나도 감수성이 풍부한 문체로 완성해낸 서정 시인이라고 할 수가 있다.

　이선희 시인의 「현관의 센서등」은 21세기의 첨단과학의 산물이며, 이「현관의 센서등」은 일체의 감정이 없는 냉혈동물과도 같다고 할 수가 있다. 반경 안으로 들어와 움직이는 것들에만 반응하는 습성이 있고, 반경 안으로 들어오는 것들이 한정되어 있어 밝아지는 일은 극히 드물다.

　하지만, 그러나 그 모든 것을 의심하고 회의하는 심리학자의 눈으로 살펴보면, 그야말로 첨단과학의 산물인 '현관의 센서등'에도 수많은 헛점과 맹점들이 나타

나고 있는 것이다. 가끔은 헛것을 보고 밝아지고, 가끔은 착각으로 밝아지기도 하고, 때로는 반경 안에 들어와 팔을 휘젓는 물체를 보지 못하는 경우도 있다. 천체 물리학자인 스티븐 호킹은 '철학의 시대'는 종말을 고하고 '자연과학의 시대'가 왔다고 호언장담을 했지만, 그러나 그것은 일개 광신도의 헛소리에 지나지 않았다. 존재의 근거가 '무無'인 인간, 이 존재의 정당성을 마련하지 못한 인간이 그 유한성을 극복하고 전지전능한 신처럼 살고 싶어했던 욕망이 오늘날의 초고령 사회를 연출해냈다면, 이선희 시인의「현관의 센서등」은 산송장이나 다름없는 치매 환자와도 같다고 할 수가 있다. 혼자 켜지고 혼자 꺼지는 것이 그렇고, 혼자 울다가 혼자 웃는 것이 그렇다. 좀처럼 제정신으로 돌아올 수 없는 젊은 날을 그리워하며, 아주 오래전부터 영원히 불가능한 불로장생의 꿈으로 늙어가고 있는 것이다.

　이선희 시인의「현관의 센서등」은 자연과학적인 냉혈동물이면서도, 아주 정서가 불안한 치매환자(정신병자)와도 같다. 이선희 시인은 첨단과학의 산물인 '현관의 센서등'에 인간성을 부여하고, 그것의 양면성을 극

사실적으로 묘사해낸다. "반경 안으로 들어와 움직이는 것들에만 반응하는 습성이 있다", "반경 안으로 들어오는 것들이 한정되어 있어 밝아지는 일은 드물다"라는 「현관의 센서등」의 기능을 발견하고, 그러나 그 기능을 극적으로 반전시켜, "가끔 헛것을 보고 밝아지고/ 착각으로 밝아지기도 한다/ 반경 안에 들어와 팔을 휘젓는 물체를 보지 못하는 경우도 있다"라는 시구나 "혼자 켜지고 꺼진다/ 울다가 웃는다 혼자"라는 시구에서처럼 바보 천치와도 같은 인물로 희화화시킨다. 스티븐 호킹같은 천체 물리학자(냉혈동물)가 바보 천치가 된 것이고, 이 바보 천치는 아주 오래전부터 영원히 불가능한 '불로장생의 꿈'으로 늙어버린 치매환자라고 할 수가 있는 것이다.

행복이란 무엇인가? 행복이란 삶의 기쁨과 희열을 느끼는 상태라고 할 수가 있겠지만, 그러나 이 행복의 목표가 삶과 죽음의 질서를 부정하고 영원불멸의 삶으로 이어져서는 안 될 것이다. 시(사상)와 과학은 둘이 아닌 하나이며, 과학이 시를 지배할 때는, 바로 그때에는 인간성이 파괴되고 만물의 죽음으로 이어지게 될 것이다. 오늘날의 자연과학자들은 사는 의미와 살 권리를

다 잃어버린 초고령 사회를 초래한 바보 천치들이며,
너무나도 폭발적인 인구 증가와 함께, 지구촌의 종말
을 연출해낸 대악당들이라고 할 수가 있다.

　건강한 몸에 건강한 정신이 깃들 듯이, 모든 시인들
은 이제부터라도 자연과학의 멱살을 움켜쥐고 제정신
을 차리게 하지 않으면 안 된다. 산다는 것은 죽는다는
것이고, 죽는다는 것은 산다는 것이다. 하루바삐 '인생
70'의 '인간수명제'를 실시하여 지구촌을 더욱더 젊고
푸르게 가꾸지 않으면 안 된다.

　어느 누구도 이선희 시인의 「현관의 센서등」처럼, 또
는 고독사하는 늙은이나 요양병원의 환자들처럼 살고
싶지는 않을 것이다.

　모든 인간들을 행복하게 할 수는 없지만, 아름답고
멋진 죽음, 즉, 전인류가 참여하는 '존엄사'는 얼마든
지 가능한 것이다.

　이선희 시인은 '일인다역의 모노드라마'의 주연배우
이며, 대단히 뛰어나고 훌륭한 시인이라고 할 수가 있
다.

현상연
비대한 슬픔

문득, 낯익은 목소리가 들려
뒤돌아보면 차디찬 심장의 보고픈 이 보이지 않아
흐트러진 목소리 모을 수 있다면
허공에 떠도는 환영, 만질 수 있다면

슬픔은 점점 뚱뚱해지는데
담담하게 지내라는 공기들의 후덥지근한 말들

간절한 게 죄라면 하늘에 심장을 내 걸고 실컷 울
겠어

나 대신 울어주던 비는 간간이 끊어지고
추적거리던 잔비 사이로 그림자를 끌고 온
햇빛의 발목 어디로 갔을까

과녁을 뚫던 화살은 꺾이고
허공에 빈 족적만 어지럽게 찍힌 길 잃은 기억

염소자리 하나 늘어난 북쪽 하늘을 보며
말없는 말이 벼랑을 기어오를 때
부재라는 단어에 고립된 나,
후회의 부표는 표류를 반복하고
눈물이 떨어지면 멀리 못 간다는 누군가 전언에
마지막 인사 옷깃으로 찍어 내네

📖

    인간은 우는 동물로서, 웃는 동물로서 매우 다양하고 복잡한 감정을 표현해내고 있지만, 그만큼 슬픔의 사회적 의미도 다양하게 해석할 수가 있을 것이다. 인간의 존재의 근거가 욕망이고, 이 욕망은 그의 의지를 통해 나타난다. 학자로서의 꿈과 경제인으로서의 꿈도 욕망이고, 가장으로서의 꿈과 남편과 아내로서의 꿈도 욕망이다. 고급관리로서의 꿈과 어떤 단체의 구성원으로서의 꿈도 욕망이고, 예술가로서의 꿈과 자유로운 개인으로서의 꿈도 욕망이다. 이 꿈과 욕망이 충족될 때에는 그 주체자는 웃게 되고, 이 꿈과 욕망이 충족되지 못할 때에는 그 주체자는 울게 된다.

    울음은 슬픔의 가장 자연스러운 형태 중의 하나이며, 이 울음의 주체자는 대부분이 그의 꿈과 욕망의 날개를 꺾이고, 그 결과, 더없이 실망하고 좌절하고 있다는 것을 뜻한다. 슬픔은 무력감과 실망감과 좌절감

의 소산이며, 식욕부진과 우울증과 대인기피증과 함께, 이 세상에 대한 두려움과 공포를 가져다가 줄 수도 있다. 가벼운 슬픔과 무거운 슬픔, 얕은 슬픔과 깊은 슬픔, 사랑하는 부모형제와 사랑하는 남편과 자식들을 잃어버린 슬픔, 존경하는 스승과 사제를 잃어버린 슬픔과 사랑하는 친구와 오직 단 하나뿐인 꿈과 욕망을 잃어버린 슬픔 등─. 이 세상의 슬픔에도 다양한 종류와 그 의미가 내포되어 있지만, 그러나 현상연 시인의 「비대한 슬픔」은 너무나도 슬퍼서 울 수도 없는, 그래서 그 출구를 찾을 수가 없는 슬픔이라고 할 수가 있다. "문득, 낯익은 목소리가 들려/ 뒤돌아보면 차디찬 심장의 보고픈 이 보이지 않는다"는 슬픔, "간절한 게 죄라면 하늘에 심장을 내 걸고 실컷 울겠다"라는 슬픔, 따라서 "나 대신 울어주던 비"마저도 끊어지고 그 출구를 잃어버린 슬픔, 이 슬픔과 슬픔들이 쌓여서 그 몸통이 하늘만큼 비대해진 슬픔이 현상연 시인의 「비대한 슬픔」의 진수라고 할 수가 있는 것이다.

슬픔도 싹이 트고, 슬픔도 자란다. 슬픔도 꽃을 피우고, 슬픔의 벌과 나비들도 날아온다. 슬픔도 때로는 말라죽고, 슬픔도 때로는 지나친 비만증으로 고통을 겪

는다. 원인 없는 결과 없고, 결과 없는 원인 없다. 현상연 시인의 슬픔의 기원은 "문득, 낯익은 목소리가 들려/ 뒤돌아보면 차디찬 심장의 보고픈 이 보이지 않아"와 "염소자리 하나 늘어난 북쪽 하늘을 보며/ 말없는 말이 벼랑을 기어오를 때/ 부재라는 단어에 고립된 나/ 후회의 부표는 표류를 반복하고"라는 시구에서처럼 사랑하는 사람을 잃고 그 부재에 대한 상실감 때문이라고 할 수가 있다. 사랑하는 그가, 아니 존경하는 그가 아버지인지, 어머니인지, 남편인지, 스승인지는 알 수가 없지만, "보고픈 이 보이지 않아"의 극존칭을 생각해볼 때, 그는 아마도 자기 자신의 목숨만큼 소중한 사람이라고 해도 지나친 말은 아닐 것이다.

염소자리는 남쪽 하늘의 별자리이며, 황도 12궁 중의 하나라고 한다. 원래 명칭은 '뿔 달린 염소', 또는 '염소의 뿔'을 의미하며, '하늘의 바다'에 있어 '바다의 염소자리'라고 부르기도 한다. 사랑하는 그는 하늘나라 염소자리로 떠나갔고, 그 "부재라는 단어에 고립된 나"는 "후회의 부표"처럼 끊임없이 표류를 거듭한다. 어디선가 낯익은 목소리가 들려와도 보고 싶은 이는 보이지 않고, 그 흐트러진 목소리를 모으면 허공에 환

영처럼 떠오른다. 슬픔은 점점 뚱뚱해지고, 담담하게 지내라는 친지들의 말마저도 후텁지근해 진다. 간절한 게 죄라면 하늘에 심장을 내걸고 실컷 울겠지만, 너무나도 슬프고 간절해서 눈물조차 나오지를 않는다. 나 대신 울어주던 비도 끊어지고, "추적거리던 잔비 사이로 그림자를 끌고 온/ 햇빛"마저도 어딘가로 사라지고 없다. "과녁을 뚫던 화살은 꺾이고", 즉, 그와 내가 공동으로 추구했던 꿈과 행복도 꺾이고, "허공에는 빈 족적만 어지럽게" 찍혀 있다.

슬픔이 슬픔을 낳고, 슬픔 위에 슬픔이 쌓여 뚱뚱해지고, 슬픔이 슬픔을 짓밟으며, 슬픔의 목을 비틀어 버린다.

슬픔의 바다, 슬픔의 파도, 슬픔의 하늘, 슬픔의 태양과 달, 슬픔의 별과 별들, 현상연 시인의 「비대한 슬픔」은 장대하고 아름다운 우주이며, 그의 슬픔은 끊임없이 표류하고 떠돌아 다니면서 마지막 옷깃으로 작별인사를 고한다.

슬프다. 아름답다. 진한 감동, 슬픈 감동으로 나의 마음을 사로잡는다.

윤성관
프로크루스테스의 침대

그리스 신화에 나오는 괴물,
프로크루스테스는 손님을 유인해 침대에 눕힌 후
침대보다 키가 크면 다리나 머리를 자르고
작으면 사지를 늘여서 죽였다

세별전자 인공지능 연구팀 인사평가

이름	본인 평가	상위자 평가
나핵심	A+	A+
조금만	A+	A
노양심	A+	B
문제군	A+	C
인두겁	A+	D
진박사	A	A+
정직한	A	A
최소한	A	B

이상한   B   B

상상할 수 없는 세상을 만드는 사람에게
자본이 가하는 지독한 테러,

프로크루스테스의
침대 같은.

프로타고라스는 고대 그리스의 가장 유명한 소피스트 중의 한 사람이었고, 그는 '사람이 만물의 척도이다'라는 말을 남겼다. 프로타고라스의 이 명제는 모든 사상과 이론, 또는 모든 가치관이나 평가가 그 사람의 성격이나 취향, 그 사람의 위치나 입장에 따라 다르다는 것을 뜻하고, 따라서 그 모든 것은 상대적임을 뜻한다. 어떤 사람은 미국을 싫어하고, 어떤 사람은 미국을 좋아한다. 어떤 사람은 공산주의를 진리라고 말하고, 어떤 사람은 자본주의를 진리라고 말한다. 어떤 사람은 국가와 도덕을 중요시 하고, 어떤 사람은 개인의 자유와 양심을 중요시 한다. 제 눈에 안경이라는 말이 있듯이, 모든 사람은 자기 자신의 주관적인 편견과 가치관을 지니고 있으며, 따라서 모든 진리는 상대적이며, 잠정적이고 일시적인 오류에 지나지 않는다.

'사람이 만물의 척도이다.' 이 말은 '내가 있고 세계

가 있다'라는 자아 중심주의의 근본명제이며, 프로크루스테스의 행동양식과도 맞닿아 있다. 그는 '세계가 있고 내가 있다'라는 만물의 법칙을 부정하며 타자의 주체성을 유린하고, 이 세계를 짓밟고 자연을 파괴한다. 프로크루스테스는 그리스 신화 속의 살인마(대도둑)이며, 그는 사람들을 유인하여 그의 침대에서 죽여 버렸다. 침대보다 키가 큰 사람은 머리와 다리를 잘라서 죽여 버렸고, 침대보다 작은 사람은 머리와 다리를 늘여서 죽여 버렸다. 아테네의 영웅, 테세우스에 의하여 그와 똑같은 방법으로 죽임을 당했지만, 프로크루스테스의 신화는 사상과 이념에 따라 아무런 양심의 가책도 없이 폭정과 학대가 자행되고, 심지어는 동족간의 피비린내 나는 내전과 제1차, 제2차 세계대전이 일어났던 역사와도 궤를 같이 한다. '우리와 함께 하지 않으면 모두가 적이다'라는 파시즘의 사유 체계가 그렇고, 유일신에 대한 맹신에 불과했던 십자군 전쟁과 '공산주의 대 자본주의' 간의 이념전쟁에 불과했던 한국전쟁이 그렇다. 자아 중심주의는 개인주의이고, 개인주의는 이기주의이고, 이기주의는 프로크루스테스같은 미치광이라고 할 수가 있다.

윤성관 시인의 「프로크루스테스의 침대」는 '세별전자 인공지능 연구팀 인사평가'의 자료이며, 그것은 피도, 눈물도 없는 인공지능이 자본주의 사회에 가하는 너무나도 끔찍하고 잔인한 테러라고 할 수가 있다. 이제 인간이 인간을 평가하던 시대도 지나갔고, 인공지능이 인간을 평가하고 그 평가에 따라 차별대우의 등급이 매겨진다. 인공지능에 내장된 자료에 의해 그 사람의 취향과 성격과 능력이 평가되는 것이지만, 그러나 이 평가가 진행됨에 따라 공동체 사회의 구성원들은 서로간에 적대적인 경쟁관계로 돌변해버리게 된다. 분업과 협업은 형식적인 구호에 지나지 않으며, 그 어떤 사람도 믿지 못하며, '인공지능의 무오류성의 두뇌'가 공동체 사회의 자유와 평화와 행복을 모조리 파괴하게 된다. "상상할 수 없는 세상을 만드는 사람에게/ 자본이 가하는 지독한 테러"이고, 그것은 마치 「프로크루스테스의 침대」와도 같다.

　나핵심은 본인 평가와 상위자 평가에서 A+와 A+를 받는 최고급의 우등생이 되지만, 그러나 나핵심이 전지전능한 신이 아닌 이상, 인공지능의 자기 찬양과 자기 과신의 헛소리에 지나지 않게 된다. 조금만은 조금

만 열심히 하면서도 본인평가에서 A+를, 상위자 평가에서도 A를 받는다. 노양심은 양심이 없으면서도 본인 평가에서 A+를, 상위자 평가에서는 B를 받고, 사사건건 문제만을 일으키는 문제군은 본인 평가에서 A+를 받고, 상위자 평가에서는 C를 받는다. 사람의 탈을 쓰고 온갖 망나니짓을 다하는 인두겁은 본인평가에서 A+를 받고, 상위자 평가에서는 D를 받는다. 이에 반하여, 진정한 사람의 진박사는 본인 평가에서 A를, 상위자 평가에서는 A+를 받고, 언제, 어느 때나 정직한 양심을 가진 정직한은 본인 평가에서 A를, 상위자 평가에서도 A를 받는다. 적어도 최소한 양심을 가진 최소한은 본인평가에서 A를, 상위자 평가에서 B를 받고, 소위 왕따를 당할 짓만을 하는 이상한은 본인평가에서 B를, 상위자 평가에서도 B를 받는다.

인공지능의 상징인 나핵심은 논외로 치더라도 조금만, 노양심, 문제군, 인두겁은 상위자 평가와는 상관없이 자기 자신을 최고의 인간으로 치는 대사기꾼들이며, 프로크루스테스와도 같은 미치광이들이라고 할 수가 있다. 사기꾼이 사기를 정직과 성실이라고 우기며, 모범시민의 싹을 짓밟고, 범죄인 천국을 만든다. 청와

대가 더 썩었느냐, 국회가 더 썩었느냐? 사법부가 더 썩었느냐, 대학이 더 썩었느냐? 조직깡패가 더 썩었느냐, 부동산 업자가 더 썩었느냐? 사회는 없고 개인만 있고, 인간은 없고, 인공지능과 사기꾼들만 있다. 인 공지능은 미치광이가 되고, 사람은 인공지능의 부속품 이 된다. 이에 반하여 진박사, 정직한, 최소한은 적어 도 양심을 지녔고, 따라서 자기 자신을 최고의 우등생 이 아닌 'A'로 평가하는 겸손함의 미덕을 지녔다. 인공 지능의 시대는 소수의 예외자, 즉, 창조적 천재를 인정 하지 않는 시대이며, 그 결과, '이상한'은 그 천재의 싹 을 틔워보지도 못할 것이다.

소수의 예외자 이상한, 즉, 윤성관 시인은 최선의 양심을 지녔고, 그의 이성은 비판철학의 발사체가 되 었다. 온몸으로, 온몸으로 "상상할 수 없는 세상을 만 드는 사람"들과 "자본이 가하는 지독한 테러"를 물어 뜯으며, 그 천형의 형벌 속에서, 사람과 사람이 사는 세상을 만들어 나가고자 한다. 자기 자신을 B급이라 고 평가한 이상한은, 모든 개인주의와 이기주의를 「프 로크루스테스의 침대」에서, 그와 똑같은 방법으로 죽 여버리고, 마지막으로, 최종적으로 「프로크루스테스의

침대」를 폭파해 버린다.

　이상한, 즉, 윤성관 시인은 도덕철학의 대가이자 이상낙원의 창시자라고 할 수가 있다.

박방희

黃砂

봄 되면 오신다
임들은 오신다
황사 붉은 진토로
넋이 되어 오신다
천군만마 거느리고
바람 타고 오신다
한강의 푸른 물 보러
황해 건너오신다
몽매에도 잊지 못할 그리운 강토
조국 산천으로 돌아오신다
하나에서 둘이 되고
전쟁까지 치른 땅
동강난 삼천리로 가쁘게 오신다
아직도 죽지 않은 혼 찾아
산 넘고 바다 건너

수만 리 길을 오신다
해마다 봄이면 산천 곳곳
자욱이 내려앉으며
일어나라! 일어나라!
일어나 떨쳐라!
두견이 피맺힌 울음으로
오신다, 오신다
넋들이 오신다

박방희 시인의 「황사」는 이 땅의 애국지사들을 찬양하는 시이며, 영원한 과제인 남북통일과 대한제국의 건설을 노래하고 있는 시라고 할 수가 있다. 남북통일과 대한제국의 건설은 그의 염원이 되고, 이 염원은 너무나도 간절한 기도가 된다. 황사는 봄이 되면 찾아오는 임들이며, 이 임들은 대한민국의 독립을 위해 싸우다가 머나먼 이역만리에서 비명횡사해간 애국지사들이라고 할 수가 있다.

무리를 짓는 동물로서 무리를 형성하지 못했다는 것, 아니, 이 민족의 침략에 맞서 제대로 싸우지도 못하고 자기 땅과 자기 영토를 잃어버린 것처럼 더 서럽고 억울한 일도 있을까? 국가를 형성하지 못한 민족은 민족도 아니며, 그 어떤 안전장치나 보호장비도 갖추지 못한 떠돌이―나그네에 지나지 않는다. 떠돌이―나그네는 남부여대와 유리걸식의 노예민족이며, 이민족

에 의하여 개같이 학대를 받고 신음해야 할 민족에 지나지 않는다. "몽매에도 잊지 못할 그리운 강토/ 조국 산천으로 돌아"와도 그 임들을 맞아주는 것은 "전쟁까지 치른 땅/ 동강난 삼천리"뿐이고, 따라서 죽어서도 죽지 못한 임들은 두 눈을 부릅뜨고 "해마다 봄이면 산천 곳곳" "일어나라! 일어나라!" "두견이 피맺힌 울음으로" 그토록 서럽고 원통하게 절규할 수밖에 없었던 것이다.

황사란 중국의 북서부와 몽골의 황토지대에서 날아오는 모래먼지를 말하지만, 박방희 시인은 이 황사를 애국지사의 넋으로 받아들이고, 그토록 간절한 남북통일과 대한제국의 꿈을 노래한 것이다. 우리말과 우리 가락의 민요형식으로 시를 쓰며, 단어 하나, 토씨 하나에도 자기 자신의 혼을 불어넣고 "피맺힌 울음"을 울고 있는 시인의 절규는 너무나도 안타깝다 못해 섬뜩하기까지 하다. 애국지사인 임은 시인이 되고, 시인은 두견이가 된다. 임과 시인과 두견이가 하나가 되는 이 삼원일치의 드라마 속에는 그러나 죽어서도 죽지 못한 임들의 준엄한 정신과 그 질책이 들어 있는 것이다.

하지만, 그러나 이빨없는 독설이 물어뜯지 못하는

것처럼, 또는, 수천 년 동안이나 이민족의 침략과 약탈과 개같은 학대에도 불구하고 오직 저주로 밖에 복수를 하지 못한 것처럼, 무목표, 무의지, 무책임으로 일관하는 남북통일과 대한제국의 건설은 공허한 말장난에 지나지 않는다. 전쟁 중의 최고의 전쟁은 싸우지 않고 이기는 전쟁이듯이, 남북통일과 대한제국의 건설은 미제국주의를 어떻게 다스리고 몰아내느냐가 그 첫 번째 과제라고 할 수가 있다. 첫 번째는 대한제국의 건국이념과 그 목표를 분명히 하고, 미국보다 더 고귀하고 더 아름다운 도덕으로 전인류의 찬양받는 국가를 만들지 않으면 안 된다. 더욱더 강력한 적을 친구로 만들 듯이, 미국을 남북통일과 대한제국의 열광적인 옹호자로 만드는 것, 바로 이 최고급의 인식의 제전이 우리 한국인들의 영원한 선결과제이기도 한 것이다.

알렉산더 대왕에게도 불가능은 없었고, 나폴레옹 황제에게도 불가능은 없었다. 소크라테스에게도, 플라톤에게도 불가능은 없었고, 칸트에게도, 마르크스에게도 불가능은 없었다. 남북통일과 대한제국의 건설은 우리 한국인들의 절대적인 권리이며, 미국이 이 절대적인 권리를 빼앗거나 유린할 명분이 없는 것이다. 우리

한국인들이 우리 대한제국의 영원한 주인이며, 우리가
이 삼천리 금수강산을 전인류의 지상낙원으로 건설해
나가지 않으면 안 된다.

　아아, 한국인들이여! 과연 당신들이 그토록 오랜 숙
원인 남북통일과 대한제국을 어떻게 건설해나갈 것이
란 말인가? 낙천주의 사상가인 나의 대답은 아주 쉽고
간단하다. 앎의 투쟁에서 미국과 중국과 일본과 그 모
든 나라들을 굴복시키고, 한국정신과 한국문화를 스스
로, 자발적으로 받아들이게 하면 되는 것이다. 당신이,
당신이, 마르크스, 니체, 플라톤, 뉴턴, 아인시타인 등
과도 같은 전인류의 스승이 되면 되는 것이다.

유계자
달빛

한밤중 오줌이 마려워 마당으로 나왔는데
지붕을 타고 내려오는 달빛이 마당에 흥건했다

사랑방 창호지를 열고 흘러나오는

─석탄 백탄 타느은데 연기만 풀풀 나구요
─이내 가슴은 타느은데 연기도 아니 나구요

굴뚝 뒤에선 소쩍 소쩍 소쩍……

눈꺼풀에 남은 잠을 갸웃거리며 살금살금 귀를 세
웠다

열 살쯤 내 입속으로 흘러든 노랫가락은 머리와 꼬리
도 모른 채 흥얼거렸다

달빛을 넘어
세상에 귀 기울이는 동안 까맣게 잊어버렸다가
할아버지 나이를 지나서야
할머니 없는 빈방의 적막함이 곡조로 타던 사발가라
는 걸 알았다.

포릇한 추억은 시간의 보습에 찍혀 녹슬어가고
발목을 적시는 어둠에 비틀거리다가

아파트 사이에 낀 어스름 달빛에 문득,

연기 없이 애가 타던 그 봄밤을 만나곤 한다

'사발가'란 일제 강점기에 민족의 울분을 노래한 경기 민요이며, 소리꾼 박춘재에 의하면 온정타령溫井打令이라고 불렸다고 한다. 굿거리장단에 유절형이며, 후렴이 있고, 서양의 음계로 나타내면 '라, 도, 레, 미, 솔'의 5음으로 되어 있고, 노랫말은 약 20여 가지가 있는데 널리 알려진 가사는 "석탄 백탄 타는데/ 연기만 펄펄 나구요/ 이 내 가슴 타는데/ 연기도 김도 안 나네//……// 왜놈의 지원병 죽으면/ 개떼 죽음이 되구요/ 광복군이 죽으면/ 독립의 열사가 되누나"라는 가사라고 할 수가 있다.

　경기민요로서의 사발가란 사설에 쓰라림과 흥겨움이 있는 것이 그 특징이지만, 유계자 시인의 「달빛」은 할아버지의 나이가 지난 손녀가 그 옛날을 되돌아보며 부르는 사발가이며, 그 노래는 회고적이며 애상적이라고 할 수가 있다. 회고적이라는 것은 "열 살쯤 내 입속

으로 흘러든 노랫가락은 머리와 꼬리도 모른 채 흥얼거렸다// 달빛을 넘어/ 세상에 귀 기울이는 동안 까맣게 잊어버렸다가/ 할아버지 나이를 지나서야/ 할머니 없는 빈방의 적막함이 곡조로 타던 사발가라는 걸 알았다"라는 시구에서처럼, 지난 날을 되돌아보는 것을 말하고, 애상적이라는 것은 그 시절 할아버지의 마음과 하나가 되어 너무나도 가슴 아파하고 슬퍼하는 것을 말한다.

어떤 시가 훌륭한 시인가, 아닌가라는 가치판단의 기준은 단어 하나와 토씨 하나에도 시인의 정신과 혼이 들어 있는가, 아닌가가 될 것이다. 언어는 생명이고, 피이며, 그의 숨소리와도 같다. 시인과 언어가 하나가 되지 않고 떨어져 있으면 그 시는 제아무리 뛰어난 두뇌와 지식의 산물이라고 할지라도 만인의 심금을 사로잡을 수가 없다. 유계자 시인의 「달빛」의 언어는 시인의 생명 자체이며, 그 어느 것 하나 상호 이질적이거나 분리되어 있지 않다. 이 만물일여萬物一如, 즉, 유계자 시인의 생명과 언어의 일체화는 이 「달빛」의 아름다움을 가장 압도적으로 증명해준다.

한밤중 오줌이 마려워 마당으로 나왔는데 지붕을 타

고 내려오는 달빛이 마당에 흥건했고, 그때 "사랑방 창호지를 열고" "석탄 백탄 타느은데 연기만 풀풀 나구요/ 이내 가슴은 타느은데 연기도 아니 나구요"라는 할아버지의 사발가가 흘러나왔다. "굴뚝 뒤에선 소쩍 소쩍 소쩍…" 소쩍새가 울고 있었고, "열 살쯤 내 입속으로 흘러든 노랫가락은 머리와 꼬리도 모른 채 흥얼"거리게 되었다. 그리고, 할아버지가 돌아가시고 "달빛을 넘어/ 세상에 귀 기울이는 동안 까맣게 잊어버렸다가/ 할아버지 나이를 지나서야/ 할머니 없는 빈방의 적막함이 곡조로 타던 사발가라는 걸" 알게 되었다. 어느덧 "포릇한 추억은 시간의 보습에 찍혀 녹슬어가고/ 발목을 적시는 어둠에 비틀거리다가// 아파트 사이에 낀 어스름 달빛에 문득// 연기 없이 애가 타던 그 봄밤을 만나게" 되었던 것이다.

지붕을 타고 내려오는 달빛이 마당에 환했다를, 지붕을 타고 내려오는 달빛이 마당에 흥건했다라는 시적 표현, "굴뚝 뒤에선 소쩍 소쩍 소쩍…// 눈꺼풀에 남은 잠을 갸웃거리며 살금살금 귀를 세웠다// 열 살쯤 내 입속으로 흘러든 노랫가락은 머리와 꼬리도 모른 채 흥얼거렸다"라는 시적 표현, "달빛을 넘어/ 세상에 귀

기울이는 동안 까맣게 잊어버렸다가/ 할아버지 나이를 지나서야/ 할머니 없는 빈방의 적막함이 곡조로 타던 사발가라는 걸 알았다"라는 시적 표현, "포릇한 추억은 시간의 보습에 찍혀 녹슬어가고/ 발목을 적시는 어둠에 비틀거리다가// 아파트 사이에 낀 어스름 달빛에 문득// 연기 없이 애가 타던 그 봄밤을 만나곤 한다"라는 시적 표현은 제일급의 시인이 아니면 쓸 수 없는 시구이며, 대부분의 시인들이 너무나도 어렵고 힘든 언어와의 싸움에 지쳐있을 때, 그는 언어를 데리고 놀며, 그 언어와 함께, 너무나도 한국적이고 인간적인 춤과 노래를 온몸으로 연출해낸다. 유계자 시인의 「달빛」은 이제 지방적이고 변방적인 것이 아니라, 한국현대시의 경사이며, 세계적인 사건이라고 할 수가 있다.

　달빛은 열 살쯤의 손녀이며 밤하늘의 달빛이 되고, 달빛은 유계자 시인이고 오줌이고 눈물이 된다. 달빛은 할아버지이며, 소쩍새가 되고, 달빛은 아파트 사이에 낀 어스름이고, 연기 없이 애가 타던 그 봄밤의 사발가가 된다. 이처럼 다종다양하고 그 울림이 큰 「달빛」이 '사발가'의 민요 속에 그 서사성을 얻게 되고, 과거와 현재, 현재와 과거를 넘나들며, 그 애상적인 슬

품을 진정시키며 만인들의 사랑의 찬가로 울려 퍼지게 한다.

석탄 백탄이 타면 연기라도 풀풀 나지만, 사랑하는 아내가 없는 이 내 가슴은 석탄 백탄처럼 타들어가도 연기가 나지 않으니, 어느 누구도 알 수가 없다는 것이다. 할머니 없는 빈방의 적막함을 사발가로 달랬던 할아버지, 연기 없이 애가 타던 그 봄밤을 "지붕을 타고 내려오는 달빛이 마당에 흥건했다"라고 표현했던 유계자 시인, 달빛이 오줌이 되고 눈물이 되었던 사발가ㅡ. 유계자 시인의 할아버지는 이 '사발가'를 통해서 이렇게 말하고 있었던 것인지도 모른다.

"애야, 나는 비록 혼자 사는 할아버지이지만, 할머니를 향한 내 사랑은 이처럼 간절하니 내가 죽으면 꼭 할머니 곁에 묻어다오. 만수향도 피워놓고, 술잔도 따라놓고, 몇 송이 국화꽃도 꽂아놓고, 내 사랑, 그 아름다운 삶을 기억하고 추모해다오!"

"포릇한 추억은 시간의 보습에 찍혀 녹슬어가고/ 발목을 적시는 어둠에 비틀거리다가// 아파트 사이에 낀

어스름 달빛에 문득,// 연기 없이 애가 타던 그 봄밤을 만나곤 한다."

　열 살쯤 내 입속으로 흘러든 노랫가락은 어느덧 할아버지의 나이를 지나서야 내 머리와 가슴 속에 자리를 잡게 되었고, 나는 이 「달빛」이라는 최고급의 사모곡思慕曲, 즉, '조부송가祖父頌歌'를 부르게 된 것이다.

김현지
눈, 사람

아침나절 만들어 세운 눈사람이 햇살 내려 비치니

눈썹 하나 뚝 떨어지고 코가 기우뚱 흘러내린다.

방긋 웃던 입술도 일그러졌다

녹는다. 햇살에,

눈사람에게도 영혼이 있어 어디 먼 길 가려하는지

방울방울 물방울 되어 대지로 스미는 눈사람의 몸

봄눈 오는 날 꽃상여 타고

눈사람처럼 사라져간 어린 날의

내 할머니 주름진 미소 눈꽃으로 흩날려오는 산야

나풀나풀 눈 나비되어 날아오르는 눈사람의 혼령

눈이란 무엇인가? 눈이란 대기 중의 구름이 지상으로 떨어져 내리는 얼음의 결정체를 말하고, 싸락눈, 가루눈, 함박눈 등의 형태로 내린다. 우리가 보통 눈을 뭉쳐서 사람의 형태를 만들 수 있는 것은 함박눈이며, 이 눈사람을 통해서 다양한 인간들의 모습을 나타낼 수 있다. 마음씨가 좋은 할아버지와 할머니, 예쁜 웃음과 몸매를 자랑하는 처녀와 미인, 사나이 대장부다운 장군과 천하의 개구쟁이같은 소년들의 모습으로 그 눈사람을 만들고, 우리는 이 눈사람을 통해서 다양한 사람들의 표정과 그 해학적인 인물들의 모습을 살펴볼 수도 있다.

김현지 시인의 「눈, 사람」은 눈사람을 통해서 눈과 사람을 대등한 위치에 놓고, 그 상관관계를 살펴본다. "아침나절 만들어 세운 눈사람이 햇살 내려 비치니// 눈썹 하나 뚝 떨어지고 코가 기우뚱 흘러내린다// 방

굿 웃던 입술도 일그러졌다// 녹는다. 햇살에"라는 시구에서처럼, 눈사람의 일생은 아주 잠시 잠깐동안이지만, 그러나 그것은 모든 것의 끝이라는 허무주의로 이어지지는 않는다. 죽음은 끝이 아니며, 또다른 삶의 시작이고, 따라서 눈사람의 영혼이 "어디 먼 길" 다른 곳으로 여행(이사)을 떠나는 것이다.

영혼도 없고 천국도 없다. 모든 허무주의자들이나 자연과학자들(무신론자들)은 이렇게 말하지만, 그러나 영혼도 없고 천국도 없다면 이 세상의 모든 예술이 끝장이 나게 된다. 시와 예술, 또는 시와 예술의 토대 위에 기초를 둔 신화와 종교 등은 죽음의 허무함을 달래기 위해서 창안된 것이며, 이 허무함을 달래지 못한다면 우리 인간들의 삶은 없게 된다. 영혼도 있고 천국도 있다. 눈사람에게도 영혼이 있고, 비록, 그 몸은 햇살에 녹아 방울방울 대지로 스며 들지만, 그러나 그의 영혼은 머나먼 별나라로 여행을 떠난다.

내 어린 날의 할머니도 봄눈 오는 날 꽃상여 타고 머나먼 별나라로 여행을 떠나신 바가 있다. 함박눈이 펄펄 쏟아지는 날은 "내 할머니가 주름진 미소"를 띄우며 "눈꽃으로" 내려오시는 것과도 같고, 또한, 함박눈이

펄펄 쏟아지는 날은 저 세상의 "눈사람의 혼령들"이 나폴나폴 눈 나비가 되어 내려오는 것과도 같다.

눈과 사람은 하나이며, 동일한 조건과 동일한 환경 속에서 이 세상을 살다가 떠나가는 것과도 같다. 함박눈이 펄펄 내리면 눈사람이 되고, 따뜻한 햇살이 쏟아지면 머나먼 별나라로 여행을 떠난다.

시와 예술은 대중들의 사랑없이는 그 존재의 기반을 마련할 수가 없으며, 따라서 시와 예술은 인간의 자기 찬양과 자기 위로의 최고급의 수단이 될 수밖에 없었던 것이다. 영혼이 없고 천당이 없다는 것은 상상만 해도 끔찍하고, 그것은 역사와 전통과 조상이 없다는 것과도 같다. 시와 예술은 마음의 때인 허무주의를 씻어 줄 수도 있고, 시와 예술은 마음의 병인 허무주의를 치료해줄 수도 있고, 이것이 카타르시스 효과이기도 한 것이다.

나는 무신론자이고 그 모든 것을 부정하지만, 그러나 영혼과 천국은 우리들의 상상 속에다가 영원한 보금자리를 마련해줘야 한다고 생각한다. 김현지 시인은 이 세상의 삶을 옹호하는 철학자이며, 이 철학적 사유

를 「눈, 사람」으로 표현해낸 시인이라고 할 수가 있다.

「눈, 사람」, 「눈, 사람」, 봄눈 오는 날 꽃상여 타고, 어
제도, 오늘도, 내일도, 머나먼 별나로 여행을 떠난다.

강지혜
뱀파이어

부모들은 자신이 얼마나 줄 수 있을지를 고민하는
반면 예술가들은 자신이 얼마나 얻을 수 있는지를 고
민한다.*

오열하는 오른 가슴을 퍽퍽 내리치며
왼 가슴으로 너에게 젖을 물리는
달빛조차 없는 밤

너의 목덜미에
잔인하고 거룩한 송곳니를 내리꽂지

나는 뱀파이어야
네 피를 마시며
이 고통을 견뎌낼 거야

나는 갈증으로 죽고
네 피로 되살아난다
너는 허기로 나를 먹고
나에게 네 피를 준다

우리는 죽고 죽음에서 일어나고 죽고 죽음에서 일어
나고를 반복하는
뱀파이어
우리는 삶에서 죽음으로 삶에서 죽음으로 건너뛰는
뱀파이어

서로를 더 깊이 맛볼수록 한 뼘 더 자유롭고 한 뼘
더 비참해진다

너를 죽이고 너를 살리며
너를 먹이고 너를 죽이며
나의 어머니와 나에게서 나와 내 딸에게로 전해지는
저주 받은 영생

내 심장에 말뚝을 박아 줄래?

떠오르는 태양 앞에 나를 묶어 줄래?

하지만

혈관에 네가 가득해서
깊은 어둠 속에서도 나는 빛이 나지
모든 감각이 열리고
능력의 한계가 사라지지
그러니 죽을 수가 없지

안타깝게도
오욕되게도

불멸하지

* 낸시 휴스턴, 「소설과 배꼽」에서.

뱀파이어는 흔히 흡혈귀처럼 남을 등쳐먹는 사람이나 악랄한 착취자를 말하고, 유럽의 미신에서는 밤의 무덤에서 나와 산 사람의 피를 빨아먹는 사람을 말한다. 대사기꾼, 약탈자, 침략자, 수전노, 강도, 살인자, 깡패, 요부, 독부 등이 뱀파이어에 해당될 것이지만, 이 모든 사람들이 타인과 그가 소속된 공동체 사회의 행복을 망각하고, 자기 자신의 이익만을 극단화시킨 결과라고 할 수가 있다. 자본주의 사회는 이기주의의 극단적인 형태이며, 주식시장, 암호화폐시장, 석유시장, 곡물시장 등, 모든 시장에서 소위 큰손들이 휘젓고 떠나가면 오늘날 흙수저에 해당되는 서민들은 깡통을 차게 된다. 전쟁에서의 패배나 살육, 또는 살인이나 강도를 당한 것보다도 더 무섭고 끔찍하게 생존의 무대에서 쫓겨나게 된다.

사랑이란 아낌없이 주는 것이고, 사랑이란 아낌(조

권)없이 받는 것이다. 아낌없이 받은 사람이 형편이 나아지면 아낌없이 주면 되는 것이고, 아낌없이 주는 사람이 형편이 나빠지면 아낌없이 받으면 되는 것이다. 이 상호부조의 형태가 우리 인간들의 공동체 사회이며, 이것이 만인평등과 공산주의 사상의 기초가 되고 있는 것이다. 자본주의 사회는 인간의 탐욕을 극단화시키고, 단순한 물물교환의 수단인 돈을 마치, 전지전능한 신처럼 숭배하게 되었다. 돈 앞에서는 피도 눈물도 없고, 부모형제지간의 양보도 없다. 민사소송, 형사소송, 상호간의 피눈물 나는 싸움과 이전투구들이 인간 망나니의 칼춤을 추게 된다. 인간은 죽었고, 휴머니즘도 죽었고, 오직 인간 망나니인 뱀파이어들만이 살아 남았다.

강지혜 시인의 「뱀파이어」는 현대 자본주의 사회에서 이기주의가 극단화되고, 부모와 자식간의 관계마저도 끊임없는 착취(흡혈), 즉, 뱀파이어의 관계로 노래한 끔찍한 시라고 할 수가 있다. 그 옛날에는 "부모들은 자신이 얼마나 줄 수 있을지를 고민하는 반면 예술가(자식)들은 자신이 얼마나 얻을 수 있는지를 고민"했지만, 그러나 이제는 부모와 자식간의 관계마저도 파탄

을 맞이했고, 따라서 "오열하는 오른 가슴을 퍽퍽 내리치며/ 왼 가슴으로 너에게 젖을 물리는/ 달빛조차 없는 밤"에, 어린 아기의 "목덜미에/ 잔인하고 거룩한 송곳니를 내리" 꽂는다. 고용없는 성장은 계속되고, 일자리는 더욱더 줄어들고, '빈익빈─부익부의 양극화 구조'는 더욱더 가중된다. 애지중지, 온몸으로 자식들을 키워봐야 소위 취업포기, 결혼포기, 출산포기의 삼포세대들이 산송장이 다 된 늙은 부모들의 숨통만을 조여온다. 내일도 없고, 희망도 없고, 이 답답하고 끔찍한 상황을 인식하며, "너의 목덜미에/ 잔인하고 거룩한 송곳니를 내리" 꽂게 된다. 무능한 엄마, 비정한 엄마는 이 끔찍한 상황에서 그토록 사랑하는 어린 아기에게 "나는 뱀파이어야/ 네 피를 마시며/ 이 고통을 견뎌낼 거야"라고 너무나도 끔찍하고 비정한 잔혹극의 주인공이 되어간다.

나는 갈증으로 죽고 네 피로 되살아나고, 너는 허기로 나를 먹고 나에게 네 피를 준다. "우리는 죽고 죽음에서 일어나고 죽고 죽음에서 일어나고를 반복하는/ 뱀파이어"이며, "우리는 삶에서 죽음으로 삶에서 죽음으로 건너뛰는/ 뱀파이어"이다. "서로를 더 깊이 맛볼

수록 한 뼘 더 자유롭고 한 뼘 더 비참해"지며, 이「뱀파이어」의 관계는 어머니와 나와 내 딸에게로 전해지는 "저주 받은 영생"의 관계에 지나지 않는다.

저주 받은 영생의 관계, 인간과 인간, 아니, 부모와 자식 사이에도 피를 빨고 피를 빨아먹히는 저주 받은 영생의 관계는 "안타깝게도/ 오욕되게도" 결코 끝나지 않을 것이다. 인간과 인간 사이에 사랑이 실종되고 이기주의가 극단화되면 그 모든 것이 파탄을 맞이하게 된다. 돈이 인간의 심장에 말뚝을 박고 피를 빨아먹으면 그는 인간 망나니가 되어 대사기꾼, 약탈자, 침략자, 수전노, 강도, 살인자, 깡패, 요부, 독부 등이 되어 서로가 서로의 피를 빨아먹지 못해 발광을 하게 된다. 자본주의 사회의 상징은 뱀파이어이며, 이 뱀파이어 보다 더 무섭고 끔찍한 사회는 없다.

왜 사는가? 왜, 우리는 부모에게서 나에게로, 나에게서 자식에게로 영원히 지속되는 저주 받은 영생의 관계를 영원히 살아가야 하는가? 너무나도 잔인하고 끔찍한 절망, '사느냐/ 죽느냐'의 선택의 길마저도 막혀버린 강지혜 시인의「뱀파이어」의 운명은 우리 인간들이 도달해 있는 최후의 종착역일는지도 모른다.

돈이 사랑의 목을 비틀었고, 돈이 신뢰의 목을 비틀었다. 돈이 우정의 목을 비틀었고, 돈이 모든 희망의 목을 비틀었다. 만악의 근원인 돈(탐욕)에게 우리 인간들의 운명을 빼앗겼고, 그 결과, "혈관에 네가 가득해서/ 깊은 어둠 속에서도 나는 빛이 나지/ 모든 감각이 열리고/ 능력의 한계가 사라지지/ 그러니 죽을 수가 없지"라는 강지혜 시인의 「뱀파이어」의 운명을 살 수밖에 없게 된 것이다.

이섬
낙타에게 미안해

새벽 녘, 달빛도 숨어버린 캄캄한 밤이었어
쌍봉낙타의 등에 앉아서
이집트의 시내 산을 오르는 길이었지
나무 한 그루 풀 한 포기 없는 돌산 길,
행여 떨어질세라 손이 저리도록

낙타 등에 달린 2개의 봉우리를 움켜쥐었지

서서히 어둠이 걷히기 시작하는 새벽녘

나는 못 볼 것을 보고야 말았어

지그재그로 이어진 가파른 돌계단을 오를 때,

바르르 떨고 있는 가녀린 낙타의 다리

덕지덕지 군살 돋아 갈라터진 무릎

그렁그렁 눈물가득한 눈망울,

방향을 조종하는 채찍소리

낙타의 등에 앉아 조금 더 편하게 산을 오르려는

무심한 나는,

예수님의 성지를 찾아가는 순례의 길이었어

생각할수록 미안한 순례의 길

오랜 세월이 지났지만 지워지지 않는

실루엣

낙타에게 미안하다

시내 산은 유태교(기독교)의 하나님이 모세에게 십계명을 준 산이며, 출애굽기에서 가장 중요한 상징적인 산이라고 할 수가 있다. 시내 산의 위치는 이집트가 아니라 사우디아라비아라는 설도 있지만, 시내 산은 신명기에서는 호렙산이라고 하기도 한다. 십계명은 '하나님 이외에 다른 신들을 섬기지 말라', '우상을 만들지 말라', '신의 이름을 함부로 부르지 말라', '안식일을 지켜라', '부모를 공경하라', '살인을 하지 말라', '간음을 하지 말라', 도둑질을 하지 말라', '거짓으로 증언하지 말라', '남의 것을 탐내지 말라'라고 할 수가 있다.

대부분의 계율, 즉, 도덕명령이 그렇듯이, 이 '모세의 십계명'을 지킨다는 것은 불가능하지만, 그러나 이 계율들 때문에 삶의 목표와 방법이 정해지고, 우리가 사는 이 세상의 삶의 질서와 조화가 이루어지게 된다. 도덕은 법보다도 우선하는 근본질서이며, 어떤 민족이

고귀하고 위대한가는 그 민족의 도덕을 살펴보면 금방 알 수가 있는 것이다. 민족과 종교의 일치는 삶의 목표와 방법과 도덕의 일치이며, 이 일치를 통해서 그 민족의 역사와 전통이 살아 숨쉬고, 오늘날의 유태인들처럼 전인류의 모델이 될 수가 있는 것이다.

이섭 시인의「낙타에게 미안해」는 성지순례자의 자아비판을 통해서 자기 자신과 인간의 위선의 탈을 벗기고, 인간을 위해 사육당하고 무거운 짐을 지는 낙타에 대한 죄를 속죄하는 고해성사의 시라고 할 수가 있다. 때는 "새벽 녘, 달빛도 숨어버린 캄캄한 밤"이었고, "쌍봉낙타의 등에 앉아서/ 이집트의 시내 산을 오르는 길"이었다. "나무 한 그루 풀 한 포기 없는 돌산 길"을 "행여 떨어질세라 손이 저리도록/ 낙타 등에 달린 2개의 봉우리를 움켜줘"었고, "서서히 어둠이 걷히기 시작하는 새벽녘/ 나는 못 볼 것을 보고야 말았던" 것이다. 낙타는 시인을 태우고 "지그재그로 이어진 가파른 돌계단을 오를 때" 그 가녀린 다리를 바르르 떨고 있었고, "덕지덕지 군살 돋아 갈라터진 무릎"과 낙타의 눈망울에서는 그렁그렁 눈물이 가득 고여 있었던 것이다.

과연 인간이 이 세상의 만물의 영장이고, 인간이 죽으면 과연 하늘나라로 가는 것일까? 과연 인간에게는 영혼이 있고, 뭇짐승들에게는 영혼이 없는 것일까? 기독교는 인간중심주의의 종교이며, 인간은 만물의 영장이고, 인간의 죽음은 육체의 소멸일 뿐, 영혼은 천국으로 이사를 간다고 한다. 일찍이 아리스토텔레스는 노예는 생명 있는 도구이고, 도구는 생명 없는 노예라고 역설한 바가 있었고, 따라서 평민과 노예들의 정치참여를 용납하지 않았다. 이섬 시인의 「낙타에게 미안해」는 "예수님의 성지를 찾아가는 순례의 길"과는 너무나도 다르게, 반인문주의와 반기독교적인 시이며, 인간에 의해 사육당하고, 길들여지고, 착취당하는 '낙타'에 대한 마음 속 깊이, 뼛속깊이 속죄를 하는데 그 깊은 울림을 얻고 있다고 하지 않을 수가 없다.

인간의 생명이 소중하다면 낙타의 생명도 소중한 것이고, 인간에게 영혼이 있다면 낙타에게도 영혼이 있는 것이다. 모든 인간들이 고귀하고 거룩한 순례의 길을 나서야 한다면, 그것은 자기들 스스로 무거운 짐을 지고 가야 하는 것이지, 이 세상에서 그 어떠한 죄도 짓지 않은 낙타들이 그 무거운 짐을 지고 가야 하는 것

이 아니다. 「낙타에게 미안해」는 성지순례가 아닌 여행 길이고, 그것은 낙타에게는 너무나도 터무니 없고 기가 막힌 고행길일 뿐이었던 것이다. 자연 속의 삶의 터전을 잃고 자기 스스로 자기 목숨을 결정할 능력도 빼앗기고, 이 위선자, 선량한 자들의 탈을 쓴 인간들에게 그 노역의 댓가마저도 다 빼앗긴 낙타는 도대체 무엇이란 말인가? 낙타는 노동을 해도 댓가가 없고, 주인과 인간에게 봉사를 해도 제대로 대접을 받지 못하고, 더욱이 죽어서는 영혼이 없기 때문에 천당에도 갈수가 없다.

왜, 왜, 왜, 낙타로 태어나서, 저 가면을 쓴 침략자, 약탈자, 착취자인 인간들에게 그 모든 의사결정권과 생명과 영혼까지도 다 빼앗기고 살아가야 한단 말인가? 가파른 돌계단을 오를 때 너무나도 가녀린 다리를 바르르 떨고 있는 낙타, 덕지덕지 군살 돋아 갈라터진 무릎, 그렁그렁 눈물 가득한 눈망울, 인간의 채찍을 맞고 신음하고 있는 낙타—.

이섭 시인의 「낙타에게 미안해」는 그의 양심의 소리이며, 낙타의 생명도 소중하고, 낙타에게도 인간과 똑같은 권리가 있다는 것을 외치고 있는 것이다.

이섬 시인은 동시대의 양심이며, 이 양심이 있기 때문에 이 세상은 더 이상 썩지 않고 살만 한 세상이 되고 있는 것이다.

반경환은 1954년 충북 청주에서 태어났으며, 1988년『한국문학』신인상과 1989년《중앙일보》신춘문예로 등단했다. 반경환의 저서로는『시와 시인』,『행복의 깊이』1, 2, 3, 4권,『비판, 비판, 그리고 또 비판』1, 2권,『반경환 명시감상』1, 2, 3, 4권,『이 세상에서 가장 아름다운 명문장들』1, 2권,『반경환 명구산책』1, 2, 3권이 있고,『반경환 명언집』1, 2권,『쇼펜하우어』,『니체』,『사상의 꽃들』1, 2, 3, 4, 5, 6, 7, 8, 9, 10권 등이 있다. 이『사상의 꽃들』은 '반경환 명시감상'으로 기획된 것이지만, 보다 새롭고 좀 더 쉽게 수많은 독자들에게 다가가기 위한 포켓북이라고 할 수가 있다. 사상은 시의 씨앗이고, 시는 사상의 꽃이다. 그는 시를 철학의 관점에서 이해하고, 철학을 예술(시)의 관점에서 이해한다. 그의 글쓰기의 목표는 시와 철학의 행복한 만남을 통해서, 문학비평을 예술의 차원으로 끌어올리는 것이다. 따라서 반경환의 문학비평은 다만 문학비평이 아니라 철학예술이라고 할 수가 있는 것이다.

시는 행복한 꿈의 한 양식이며, 낙천주의를 양식화시킨 것이다.

이메일 : bankhw@hanmail.net

사상의 꽃들 12
반경환 명시감상 16

초 판 1쇄 발행 2022년 5월 9일
지은이 반경환
펴낸이 반송림
펴낸곳 도서출판 지혜
편집디자인 김지호
주   소 34624 대전광역시 동구 태전로 57. 2층 (삼성동)
전   화 042-625-1140
팩   스 042-627-1140
전자우편 ejisarang@hanmail.net
애지카페 cafe.daum.net/ejiliterature

ISBN : 979-11-5728-473-3 00810
값 10,000원

KB099111